Inhalt

Ich meine, weit hinauszublicken in unsere Zukunft; es ist eine schöne Zukunft. Die Liebe ist die stärkste Macht im Himmel und auf Erden, sie hat die Welt erschaffen ... Die Liebe ist über jeden Ausdruck, weil sie weit hinaus ist über jeden Gedanken.

Nikolaus Lenau an Sophie von Löwenthal, Oktober 1836.

Ich lese Deine Briefe immer wieder ... Freilich: um so mehr wird meine Sehnsucht nach Dir angefacht!

Der römische *Konsul Plinius der Jüngere* (61-113) an seine Frau Calpurnia, als diese den Sommer auf einem Landgut außerhalb Roms verbrachte.

RAIMUNDO DE MADRAZO Y GARRETA: GEBURTSTAGSGRÜSSE (AUSSCHNITT)

Welcher Mann erinnert sich nicht an die Hervorbringung seines ersten Liebesbriefes? Wie sorgfältig er das Papier auswählte, die Feder handhabte, die Worte suchte, immer wieder neu begann, bis alles vollkommen schien, wie er mit leichter Sorge den Brief der Post anvertraute und mit wieviel Spannung er auf eine günstige Antwort hoffte ...

Welche Frau könnte das Eintreffen ihres ersten »billet doux« vergessen? Wie ihr Herz höher schlug, ihre Finger zitterten, wie sie in einem stillen Winkel die schlichten Worte eines jungen Liebhabers las, dort, wo kein Uneingeweihter zusehen konnte, wo sie keine lieblose Stimme unterbrechen konnte, wenn sie sich der zum Leben erweckten Liebe hingab.

J. T. Merydew. Der englische Schriftsteller gab im 19. Jahrhundert eine Anthologie von Liebesbriefen heraus.

Staunen & wundern

Wenn auf eine Million Menschen ein einziger kommt, der so ist wie Sie,
so genügt das schon, um an der Menschheit nicht zu verzweifeln.

Der russische Komponist *Peter Iljitsch Tschaikowsky* an Nadjeschda Philaretowna, August 1877.

Es ist etwas in Ihren Augen, in Ihrer Stimme, das um eine Nuance beredsamer ist als bei jeder anderen Frau, die ich je gesehen, von der ich je gehört oder gelesen hätte …, eine berückende Art von unsagbarer Überlegenheit.

Der irische Schriftsteller und Verfasser des »Tristam Shandy«, *Laurence Sterne*, an Eliza Draper, März 1767

Dir allein ist es gelungen, männliche Stärke und Treue mit weiblicher Zartheit zu vereinen; die köstlichsten Früchte der Freundschaft mit den empfindlichsten Blüten der Liebe.

Honoré Gabriel Riquetti, Graf Mirabeau, führender Kopf der französischen Revolution, an Sophia Ruffey, die Gattin des Marquis de Monnier, 20. März 1778. Die Liebenden waren durchgebrannt, er kam ins Gefängnis, sie brachte ein Kind zur Welt, das bald starb. Sie sahen sich nie wieder.

ALEXANDRE DEBRUS: SOMMERBLUMEN (AUSSCHNITT), GALERIE BERKO

Liebe Sphinx,
ich war so begeistert, als ich Dich gestern früh sah, daß ich Dir schreiben muß, wie lieb und gut es von Dir war, mich zu besuchen. Wenn ich denke, daß Sphingen Mondwesen sind, und daß Du vor Sonnenaufgang aufgestanden bist, bin ich voller Freude. Ich habe in den langen schwarzen Zeiten des Gefängnislebens oft an Dich gedacht, und zu sehen, daß Du so wunderbar und lieb wie immer bist, war keine Überraschung. Die Schönen bleiben immer schön.

Der irische Autor *Oscar Wilde* an die englische Erzählerin Ada Leverson, nach der Entlassung aus zweijähriger Zuchthaushaft wegen unsittlicher Handlungen, 20. Mai 1897. Sie war eine der wenigen, die während seines Prozesses und der Zeit seiner Haft zu ihm hielt.

Mir gehen in einer Stunde tausend Bilder von Dir durch den Kopf; alle verschieden und alle zu einem zurückkehrend ... Wir lieben uns! Wir haben die aufregendsten Geheimnisse und Vertraulichkeiten miteinander. Noël, die ich liebe, die so wunderschön und bezaubernd ist! Ich sehe Dich vor mir, wie Du Omelett auf der Erde ißt. Ich sehe Dich gegen den Horizont und auf dem Hügel an jenem Sonntagmorgen. Und die Nacht war am wunderbarsten von allem – das Licht, die Schatten & die Stille & der Regen & der Wald – und Du. Du bist so wunderschön und bezaubernd, daß ich fast nicht wage, Dir zu schreiben ... und liebenswürdiger als Gott. Deine Arme und Lippen und Dein Haar und Deine Schultern und Deine Stimme – Du!

Rupert Brooke an Noël Olivier, 2. Oktober 1911. Der englische Dichter fiel im Ersten Weltkrieg.

WENN ICH ETWAS LIEBE, • DANN, WEIL ES MICH AN DICH ERINNERT •

WILLIAM HENRY GORE: AUF EINSAMEN WEGEN (AUSSCHNITT), GALERIE CADOGAN

Der englische Dichter *Lord Byron* an seine Halbschwester Augusta Leigh, die er mehr als ein Bruder liebte, 17. Mai 1819.

Ach! Wenn Du das fühlest, wie sehr meine ganze Seele, meine ganze Empfindung nur in Dir lebt, daß sie nimmermehr von Dir gehen kann ...

Caroline Flachsland an ihren Bräutigam, den Dichter Johann Gottfried Herder, Ende April 1771

Näher & näher

Ich will Dir etwas ins Ohr Deines Herzens flüstern …

Ellen Louisa Tucker an ihren späteren Ehemann, den amerikanischen Dichter Ralph Waldo Emerson, 1828.

Ich sah nur Dich, ich bewunderte nur Dich, ich begehre nur Dich!

Kaiser Napoleon Bonaparte an Marie Walewska, die er während des Feldzugs in Polen traf, 1. Januar 1807.

Johann Heinrich Pestalozzi
an Anna Schulthess, Mai 1767.
(Transkription Seite 40)

Der Keim der Liebe liegt tief und unaustilgbar in meinem Wesen …

Die Frankfurter Bankiersgattin *Susette Gontard* an den Dichter Friedrich Hölderlin, Ende 1798.

… wer liebt, dem mangelt es nicht an Worten.

Girolama Piccolomini, Frau des Bürgermeisters von Siena, an James Boswell, den Historiker und Anwalt aus Schottland, 14. Februar 1766.

ICH HABE *meine Liebe* OFFENBART:
meine Augen HABEN GESPROCHEN
meine Zunge HAT SIE FORMULIERT,
UND *meine Feder* HAT SIE FESTGEHALTEN; …
NUN IST *mein Herz* ERFÜLLT VON DIR,
mein Hirn SCHWÄRMT VON DIR,
UND *meine Hand* TEILT ES DIR MIT.

Der englische Komödiendichter *George Farquhar* an die Schauspielerin Anne Oldfield um 1700. Seine Liebe blieb unerwidert.

ICH MUSS IHNEN ETWAS DUMMES, LÄCHERLICHES GESTEHEN. IDIOTISCHERWEISE SCHREIBE ICH ES IHNEN, ICH WEISS NICHT WESHALB, ANSTATT ES IHNEN SCHON BEI DER RÜCKKEHR VON JENEM SPAZIERGANG ZU SAGEN. HEUTE ABEND WERDE ICH MICH DARÜBER ÄRGERN. SIE WERDEN MICH AUSLACHEN, WERDEN MICH FÜR EINEN SCHWÄTZER HALTEN IN ALLEM, WAS UNSERE BISHERIGE BEZIEHUNG ANGEHT. SIE WERDEN MIR DIE TÜR WEISEN UND GLAUBEN, ICH SEI EIN LÜGNER. ICH BIN IN SIE VERLIEBT, ICH BIN ES SEIT DEM ERSTEN TAG, DA ICH SIE SAH.

Der französische Dichter und Dramatiker *Alfred de Musset* an die Schriftstellerin und Feministin George Sand (Amantine Aurore Dudevant), 1833. Von ihren zahlreichen Liebhabern bedeutete Musset ihr vielleicht am meisten, den Komponisten Fréderic Chopin ausgenommen.

MAX VOLKHART: LIEBE AUF DEN ERSTEN BLICK

Ich glaube fast,
der Himmel hat einen Engel
zu mir herabgesandt ...

Albert von Sachsen-Coburg an Queen Victoria von England, 16. Oktober 1839.

Offen & Ehrlich

… es ist so leicht für Dich, mich in den siebenten Himmel zu heben! In meinem Herzen herrschte dunkelste Mitternacht, als Du schriebst: »Es werde Licht«, und es ward Licht … Wenn ich in Deinen Blicken und Worten lese, Du liebst mich, fühle ich das im Innersten meiner Seele, und dann kümmert mich das ganze Universum nichts mehr …

Jane Baillie Welsh an den schottischen Historiker Thomas Carlyle vor ihrer Hochzeit, 3. Oktober 1826.

Schon liebe ich an Dir Deine Schönheit, aber ich beginne gerade erst, das an Dir zu lieben, was ewig ist und noch kostbarer – Dein Herz, Deine Seele. Schönheit lernt man kennen und liebt man in einer Stunde, das vergeht genauso schnell; aber die Seele muß man begreifen lernen. Glaube mir, nichts auf Erden fällt einem ohne Anstrengung zu, nicht einmal die Liebe, das schönste und natürlichste der Gefühle.

Der russische Dichter *Graf Leo N. Tolstoi* an seine Verlobte Valeria Arsenew, 2. November 1856.

Von Dir, mein Engel, geliebt zu sein …

Clemens Brentano an Sophie Mereau, Juli 1803.
(Transkription Seite 40)

… leibeigen nicht nur, sondern bis ins innerste Herz …

Der spätere preußische Kanzler *Otto von Bismarck* an seine Braut Johanna von Puttkamer, 1. Februar 1847.

Ich habe mancherlei Frauenzimmer gekannt und bin mit ihnen auf mancherlei Fuß gestanden; ich habe mancherlei empfunden, wo nicht die verschiedenen Grade, doch höchst wahrscheinlich die verschiedenen Arten der Empfindungen gegen Ihr Geschlecht glaube ich durchlaufen zu haben; aber noch nie habe ich gegen eine empfunden, was ich gegen Sie empfinde. So ein inniges Zutrauen, ohne Verdacht, daß Sie sich gegen mich verstellen könnten, und ohne Wunsch, mich gegen Sie zu verbergen; so eine Begierde, von Ihnen ganz so gekannt zu sein, wie ich bin …

Der Philosoph *Johann Gottlieb Fichte* an Johanna Maria Rahn, seine Verlobte, die er drei Jahre später vor den Traualtar führte, im Frühjahr 1790.

Zwar eigentlich – ich will es Ihnen nur offenherzig gestehen, Wilhelmine, was Sie auch von meiner Eitelkeit denken mögen – eigentlich bin ich es fest überzeugt, daß Sie mich lieben. Aber, Gott weiß, welche seltsame Reihe von Gedanken mich wünschen lehrt, daß Sie es mir sagen möchten.

Der Dichter *Heinrich von Kleist* an seine Verlobte Wilhelmine von Zenge, Anfang 1800. Die Verbindung löste er später ganz abrupt mit einem Abschiedsbrief.

Schreib nur nicht zu leserlich oder zu klar; denn ich habe keine Beschäftigung, die so vergnüglich wäre, als stundenlang Deine Hieroglyphen und dunklen Sprüche zu enträtseln. Ein klarer, einfacher Brief ist auch wie ein Blitzschlag.

Der englische Politiker *Duff Cooper* an seine zukünftige Frau Diana, 9. Juni 1914. Sie heirateten 1919.

Gerade die unnötigen Botschaften machen mich glücklich. Alles, was von Ihnen kommt, gibt mir neues Leben. Ich zähle Ihre Briefe. Gestern las ich wieder den letzten …

Der französische Komponist *Hector Berlioz* an Estelle Fornier, Sankt Petersburg, Dezember 1867. Der französische Komponist hatte sich schon 1815 als Zwölfjähriger in sie verliebt, sah sie aber erst als Witwe wieder.

DELPHIN ENJORLAS: DER BRIEF

Tag & Nacht

Margareta Moller an
Friedrich Gottlieb Klopstock,
27. August 1752.
(Transkription Seite 41)

Ich bin verloren im Labyrinth der Liebe.

Philip Stanhope II., Earl of Chesterfield an Lady Russell, 1661.

Was wird erst der Tag seyn, wenn schon die Morgenröthe so schön ist!

Der deutsche Schriftsteller *Christoph Martin Wieland* an Sophie Gutermann, spätere Frau von La Roche, 23. August 1750.

HENRY ANDREWS: UNSCHULD DER JUGENDZEIT, GALERIE SUTCLIFFE

... o Liebste, wie nenn' ich Dich?
Mein Goldkind, meine Perle, mein Edelstein,
meine Krone, meine Königin und Kaiserin.
Du Liebling meines Herzens, meine Hochzeit,
die Taufe meiner Kinder,
mein Trauerspiel, mein Nachruhm.
Ach, Du bist mein zweites besseres Ich,
meine Tugenden, meine Verdienste,
meine Hoffnung, die Vergebung
meiner Sünden,
meine Zukunft und Seligkeit,
o, Himmelstöchterchen,
mein Gotteskind,
meine Fürsprecherin
und Fürbitterin,
mein Schutzengel,
mein Cherubim und Seraph,
wie lieb' ich Dich!

Heinrich von Kleist an Henriette Vogel, Berlin, nach Michaelis 1810.
Im Jahr darauf gingen sie gemeinsam am Ufer des Wannsees in den Tod.

Erinnerst Du Dich unserer ungestörten Stunden, wo wir und wir nur umeinander waren? Das war Triumph! Beide so frei und stolz und wach und blühend und glänzend an Seel und Herz ... in himmlischem Frieden nebeneinander! Ich habe es damals schon geahnt und gesagt: man könnte die Welt durchwandern und fände es schwerlich wieder so ... eine Natur, wie Deine, wo alles in innigem unzerstörbarem lebendigen Bunde vereint ist, diese ist die Perle der Zeit ...

Friedrich Hölderlin an Susette Gontard, die Frau seines Arbeitgebers, Juni 1799. Der Dichter lernte sie kennen, als er Hauslehrer war, und nahm sie als Vorbild für die Diotima im »Hyperion«. Ihr Tod 1802 brachte ihn um den Verstand.

Ich küsse Dich hundert Mal, umarme Dich zärtlich und zeichne in der Phantasie unzählige Bilder, die nur Dich und mich zeigen, und niemand und nichts sonst.

Der russische Schriftsteller *Anton Tschechow* an seine Frau Olga, 21. August 1901. Er hatte die Schauspielerin kurz davor geheiratet.

HENRY ANDREWS: DER LIEBESBRUNNEN, GALERIE SUTCLIFFE

All meine Träume gehören Dir.

Dorothy Osborne an ihren späteren Mann, den Diplomaten Sir William Temple, 5. oder 6. März 1653.

Meine Liebe zu Dir ist heute Nacht so tief und zärtlich, als existierte sie außerhalb von mir. Ich bin ausgebreitet wie ein kleiner See in der Umarmung einiger hoher Berge. Würdest Du diese Berge hinaufsteigen, sähst Du mich dort unten, tief und glänzend – und ziemlich unergründlich, mein Liebster. Du könntest Dein Herz in mich hineinwerfen und Du würdest niemals den Aufschlag hören. Ich liebe Dich – Ich liebe Dich – Gute Nacht. Oh, Bogey, was das bedeutet, so zu lieben!

Die in Neuseeland geborene englische Schriftstellerin *Katherine Mansfield* an John Middleton Murry, 27. Januar 1918.

Feuer & Zärtlichkeit

Ich glaube nicht,
daß Sie sich je über den
feurigen Liebhaber beklagen
werden, aber den treuen, den
gutmeinenden, den dankbaren, den
zärtlichen .... werden Sie nicht an mir
vermissen.

Der Naturforscher *Georg Forster*, der mit Cook die Welt umsegelt hatte, an Therese Heyne, 3. März 1785. Sie heirateten wenig später, ließen sich aber wieder scheiden.

Da ich Dich liebe (und ich liebe Dich also, Du Begriffsstutzige, so wie das Meer einen winzigen Kieselstein auf seinem Grunde lieb hat, genauso überschwemmt Dich mein Liebhaben – und bei Dir sei ich wieder der Kieselstein, wenn es die Himmel zulassen), liebe ich die ganze Welt und dazu gehört auch Deine linke Schulter, nein, es war zuerst die rechte und darum küsse ich sie, wenn es mir gefällt ... und dazu gehört auch die linke Schulter und Dein Gesicht unter mir im Wald und das Ruhn an Deiner fast entblößten Brust. Und darum hast Du recht, wenn Du sagst, daß wir schon eins waren, und ich habe gar keine Angst davor, sondern es ist mein einziges Glück und mein einziger Stolz und ich schränke es gar nicht auf den Wald ein.

Der Prager Dichter *Franz Kafka* an Milena Jesenská, die Übersetzerin seiner frühen Prosa-Stücke ins Tschechische, die er Anfang 1920 kennenlernte, und mit der ihn bis zum Frühjahr 1922 eine leidenschaftliche Liebesbeziehung verband, Juli 1920.

Mary Wollstonecraft an William Godwin, 4. Oktober 1796.
(Transkription Seite 41)

Wenn die Lady gern ihre Tage mit ihm verbringt, so würde er gern seine Nächte mit ihr verbringen; & da er ihr schon viele seiner Tage schenkte, obwohl er nur noch wenige zu verschenken hat, erscheint sie undankbar, da sie ihm noch keine ihrer Nächte schenkte ...

Der amerikanische Staatsmann und Wissenschaftler *Benjamin Franklin* an Madame Helvetius, 19. September 1779.

Wo?
Wann?
Wieviel?

Prince de Joinville,
adliger französischer Abenteurer, an die Schauspielerin Rachel Félix, als er sie erstmals sah, um 1840.

Bei Ihnen.
Heute abend.
Umsonst.

Ihre Antwort.

CARL SPITZWEG: DER LIEBESBRIEF, SAMMLUNG GEORG SCHAFER

Du abscheuliches Ding!
Ich glaube gar, ich bin in Dich verliebt.

Franz Grillparzer
an Katharina Fröhlich, 4. Oktober 1823. Die Beziehung dauerte, ohne Heirat, lebenslang.

Entführe mich in zärtliche Liebes-Himmel, wiege mich in dunkle Wolken, quäle mich mit Gewitterstürmen, zerbrich mich in Deiner Wut. Aber liebe mich, mein angebeteter Geliebter.

Die Schauspielerin *Sarah Bernhardt* an den französischen Schriftsteller Jean Richepin, 1883.

Jawohl, alles Tolle, was Du machst, liebe ich; wenn Du lügst, lügst Du wie nur ein Dichter, wie nur ich es kann ... wenn Du böse bist, so liebe ich Dich, wenn Du so abscheulich klug und geizig bist, weil Du um meinetwillen Deine widerwärtigen Geschäftsbriefe schreibst. Also komme her und wohne im Westen, so will auch ich da wohnen ... und so Dich liebhaben, bis Du ganz wahnsinnig wirst, Du!

Der Dramatiker *August Strindberg* an die Journalistin Frida Uhl, Berlin, März 1893. Er heiratete sie in zweiter Ehe, hielt Wort und machte sie tatsächlich fast wahnsinnig.

Zögern & Zaudern

Ich fürchte, daß die Schätze, die ich vor Dir ausbreiten möchte, die auf magischen Schiffen von Zauberinseln zu mir kamen, für Dich nichts als der altbekannte rote Kattun & die Glasperlen der schlauen Händler sind, die überall auf ihren Schnitt kommen, & wissen, wie sie die Eingeborenen amüsieren können, – ich habe solche Angst davor, daß ich oft & oft meine Schätze wieder einschließe, bevor ich zusehe, wie Du darüber lachst!

Die amerikanische Erzählerin *Edith Wharton* an den Journalisten W. Morton Fullerton, März 1908.
Sie hatten sich kurz zuvor in Paris kennengelernt; er wurde die große Liebe ihres Lebens.

Aber was mich hält, ist förmlich ein Befehl des Himmels, eine nicht zu beschwichtigende Angst, ... die Angst vor der Verbindung selbst mit dem geliebtesten Menschen, und gerade mit ihm ... Versteht Du das, Felice, wenn auch nur aus der Ferne ... Bleiben wir also, wie wir sind, bis zum Feber ...

Der Prager Dichter *Franz Kafka* an die Berliner Sekretärin Felice Bauer, 10. Juli 1913.
Die Verlobung wurde nach fünfjährigem Hin und Her gelöst.

Ich empfand auf einen Augenblick jenes grauenvolle Zurückbeben vor Dir ... »Es ist nichts«, rief es in meinem Innern, und beherzt ging ich auf die Gespenster los.

Sophie Mereau an Clemens Brentano, 6. September 1803.
Die geschiedene Literatin heiratete den Dichter im selben Jahr.

Wird denn nie diese fremde Zwischenwand schwinden? Wirst Du immer geheimnisvoll ohne eine hingebende Offenheit vor mir stehen, oft mir etwas sagen wollen und es im nächsten Augenblick bereuen? Wenn ich Dich nicht so unendlich liebte, müßte ich nicht ganz irre zuweilen an Dir werden?

Carl Maria von Weber, der Komponist des Freischütz, an die Sängerin Karoline Brandt, Berlin, 5. August 1814.

CHARLES WEST COPE D. J.: HERZKLOPFEN, VICTORIA & ALBERT MUSEUM

Meine Tür hat sich heute nicht ein einziges Mal geöffnet, aber was hatte ich für Herzklopfen! Manchen Augenblick fürchtete ich, Deine Stimme zu hören, und dann war ich wieder untröstlich, dass es nicht Deine Stimme war. So viele Widersprüche, so viele gegensätzliche Stimmungen sind wahr und doch leicht in drei Worten zu erklären: Ich liebe Dich.

Die französische Literatin *Julie de L'Espinasse* an ihren Geliebten Graf Hippolyte de Guibert, 13. November 1774.

Mein armes krankes Kätzchen ... Dein Brief weckte mir lebhafter als je die Sehnsucht, bei Dir zu sein, Dich zu eien und Dir zuzusprechen ... Mit Deiner Meinung wegen des July bin ich nicht einverstanden, und ich bitte Dich auch dringend, gegen die Eltern mir in diesem Punkte beizustehen. Du kannst als Frau ebensogut krank sein wie als Braut und wirst es später oft genug sein, warum nicht ebensogut zu Anfang ... Wir wollen ja nicht bloss für gute Tage heiraten; es scheint mir ein ganz frivoles Hindernis, Dein Unwohlsein. Für mich ist dieser provisorische Zustand wie jetzt der schlimmste, der sein kann ... Mir scheint die Trauung zu der einmal angesetzen Frist ganz notwendig.

Otto von Bismarck, der spätere preußische »Eiserne Kanzler«, an Johanna von Puttkamer, 28. Mai 1847. Als einziges Kind konnte sie sich nur schwer von ihren Eltern trennen. Otto und seine »Jeanneton« lebten 48 Jahre in glücklicher Ehe.

... alles, was Du tust, ***berauscht*** mich, ***erschreckt*** mich, ***quält*** mich, ***bezaubert*** mich, alles, was Du tust, ist ***vollkommen***.

Der französische Dichter *Paul Eluard* an seine erste Frau, Elena Dmitriewna Diakonowa, genannt »Gala«, 16. Januar 1930. Nach der Scheidung von Eluard heiratete Gala 1934 Salvador Dali, doch blieb Eluard trotz zweier weiterer Ehen bis zu seinem Tod 1952 von ihr fasziniert.

Bitten & Beschwören

Dylan Thomas an seine Frau Caitlin, 16. März 1950.
(Transkription Seite 42)

Ich bitte Euch, … wenn Ihr heute nicht bei der Arbeit seid, so könntet Ihr nach Euerer Bequemlichkeit mich besuchen und mit mir plaudern …

Vittoria Colonna, eine hochadlige Dame, an Michelangelo Buonarotti, Rom, um 1540.
Die Beziehung begann, als der Künstler dreiundsechzig und sie sechsundvierzig Jahre alt war.

Zu Dir flücht', Herrin, ich voll Zuversicht,
Je mehr, mir selber gram, ich flieh' vor mir;
Bin ich recht nah bei dir,
Dann bangt um mich so meine Seele nicht.

Michelangelos Antwort an Vittoria, der er zahlreiche Gedichte schickte.

HENRI-GASTON DARIEN: EINE HÄNGEMATTE UND EIN HERZ, GALERIE BERKO

(Ich:) »Titin, meine Seele!!!«
(Du:) »Quique, mein Leben!!!«
(Beide:) »Ich beeeete Dich aaaaaaaaaaan!!!«
Das ist der Himmel, mein Schatz, mein Leben!

Minioper des spanischen Musikers *Enrique Granados* an seine Braut Amparó, um 1895. Sie kamen 1916 im Ärmelkanal um, als ihr Schiff von einem deutschen U-Boot torpediert wurde. Es heißt, er hätte sich in Sicherheit bringen können, sei aber beim Versuch, sie zu retten, mit ihr ertrunken.

Meine Seele folgt Dir, Liebe – kreist um Dich – ich lebe, indem ich Dein bin.

Der englische Dichter *Robert Browning* an seine spätere Frau Elizabeth Barrett, 28. Januar 1846 .

Wärst Du nur jetzt bei mir! Es sind überall große breite Betten und Du soltest Dich nicht beklagen, wie es manchmal zu Hause geschieht. Ach! mein Liebchen! Es ist nichts besser als beisammen zu sein! ... Behalte mich ja lieb! denn ich bin manchmal in Gedanken eifersüchtig und stelle mir vor, daß Dir ein andrer besser gefallen könnte, weil ich viele Männer hübscher und angenehmer finde als mich selbst.

Johann Wolfgang von Goethe an seine Lebensgefährtin Christiane Vulpius, September 1792, während er den Herzog von Weimar auf der »Kampagne in Frankreich« begleitete.

... ICH WÜNSCHE MIR NUR IMMER, DASS ICH DAS ALLES MIT DIR SEHEN KÖNNTE, UND WIR KÖNNTEN SO EIN PAAR SCHLAMPAMPS-STÜNDCHEN HALTEN, DA WÄR ICH RECHT GLÜCKLICH ... LEB WOHL, DU SÜSSER. DEINE DICH EWIG LIEBENDE CHRISTEL.

Christiane Vulpius an Goethe, als dieser den Herzog von Weimar zur Belagerung von Mainz begleitete, Jena, den 13. Mai 1793. Goethe heiratete sie 1806, nachdem sie ihn vor französischen Soldaten, die Weimar eroberten, gerettet hatte.

Lob & Preis

Ich hätte wahrhaftig nicht geglaubt, daß es noch so viel Gnade über mir gibt. »Ich brauche dann nur die Augen zu schließen ... und Duft, Liebe, Mai, Bläue, Blumen, Wiesen dringen in alle Sinne und betäuben mich« – das ist ja Liebe! ... es könnte von mir über Dich gesagt sein, denn ich erlebe es doch über alle Maßen, mit jedem Schritt, Blick, Atem und Gedanken, diese Ehrfurcht und Liebe »vor Gottes gütigstem, bestem und liebendsten Geschöpf«. Ich lese es hundertmal, werde immer zweifelnder, ob denn das wirklich von Dir an mich geschrieben ist und ob's nicht meine Handschrift.

Der österreichische Kulturkritiker *Karl Kraus* an Sidonie Nádherny von Borutin, 1. November 1917, mit Zitaten aus einem Brief Sidonies.

... ich bin ganz durchdrungen vom Glück, das ich fühle, weil ich Sie habe – nichts anderes zählt. Ich habe Sie, ganz kostbarer Kleiner, viel geliebter Kleiner – sowohl heute als auch vorgestern, als ich Sie traf, und ich werde Sie bis zu Ihrem Tod haben – danach ist nichts wirklich mehr wichtig von all dem, was mir zustoßen kann. Ich bin nicht nur nicht traurig, sondern sogar höchst glücklich und beruhigt ... Ich fühle mich ganz umhüllt und gestützt durch Ihre Liebe ...

Die Schriftstellerin *Simone de Beauvoir* an den Philosophen Jean-Paul Sartre, ihren Lebensgefährten, 16. Februar 1940.

Heut hab ich im Paradiese an Sie gedacht, dass Sie drinn herumgingen eh Sie mich kannten. Es ist mir fast unangenehm dass eine Zeit war wo Sie mich nicht kannten, und nicht liebten. Wenn ich wieder auf die Erde komme will ich die Götter bitten dass ich nur einmal liebe ... wollt ich um Sie bitten zu dieser lieben Gefährtinn.

Johann Wolfgang von Goethe an Charlotte von Stein, 2. März 1779. Das »Paradies« ist ein Park bei Dornburg.

Mein Herz fließt vor Rührung und Glück über! Ich weiß nicht, welch himmlisches Sehnen, welch unermeßliche Wollust mich durchdringt und verbrennt. Mir scheint, als hätte ich niemals geliebt!!! Sag mir, woher kommt diese undeutbare Unruhe, diese unsagbare Vorahnung, dieses göttliche Liebesbeben! Ach, es kann nur von Dir kommen, Schwester, Engel, Frau, Marie!

Der ungarische Komponist *Franz Liszt* im Alter von 23 Jahren an Gräfin Marie d'Agoult, Paris, 1834.

Ich kann weder essen, noch schlafen, weil ich nur an Dich denke, Liebste, ich mag nicht einmal mehr Pudding.

Der englische Admiral *Horatio Nelson* an Lady Emma Hamilton, 29. Januar 1800.

WILLIAM OLIVER: DER LIEBESBRIEF, GALERIE BERKO

Ich bin ganz töricht vor Liebe und Freude!

Karoline von Günderode an Friedrich Creuzer, 1. Mai 1806. Die Dichterin verübte drei Monate später Selbstmord aus Liebeskummer.

Ich will Dich mit Liebe überschütten, wenn ich Dich wiedersehe, mit Zärtlichkeit, mit Leidenschaft. Ich will Dich mit allen Freuden des Fleisches ersticken, bis Du vor Lust vergehst. Du sollst mich als Wunder erleben und bekennen, daß ich Deine Träume übertreffe ...

Der französische Romanautor *Gustave Flaubert* an Louise Colet, 15. August 1846.

ICH WILL MEINE RÄUBERBRAUT-VAGABUNDIN. ICH WILL MEINE DUNKLE FREUNDIN. ICH WILL MEINEN ENGEL – MEINE VERSUCHERIN. ICH WILL MEINE FREIA MIT IHREN ÄPFELN. ICH WILL DEN LEUCHTER MIT SIEBEN LAMPEN VON SCHÖNHEIT, EHRE, LACHEN, MUSIK, LIEBE, LEBEN UND UNSTERBLICHKEIT. ICH WILL MEINE INSPIRATION, MEINE TOLLHEIT, MEIN GLÜCK, MEINE GÖTTLICHKEIT, MEINEN WAHN, MEINE SELBSTSUCHT, MEINE LETZTE HEILUNG UND HEILIGUNG, MEINE VERWANDLUNG, MEINE LÄUTERUNG, MEIN LICHT ÜBERM OZEAN, MEINE PALME JENSEITS DER WÜSTE, MEINEN GARTEN VOLL BLUMEN, MEINE MILLIONEN NAMENLOSER FREUDEN, MEINER TAGE LOHN, MEINER NÄCHTE TRAUM, MEINE GELIEBTE UND MEINEN STERN ...

Der irische Dramatiker *George Bernard Shaw* an die Schauspielerin »Stella« Beatrice Campbell, 27. Februar 1913.

Einsam & Allein

Mein Geliebter, mein Engel, Du bist fort. Du warst imstande, mich für sechs Monate zu verlassen! Nein, ich werde den Verdruß einer so langen Trennung nicht überstehen. Sie dauert jetzt gerade vier Stunden und ist schon unerträglich.

Madame d'Epinay an ihren Gatten, März 1746. Das Paar trennte sich nach dreijähriger Ehe, und sie fing eine lange Reihe berühmtgewordener Liebschaften mit bedeutenden Männern einschließlich Rousseaus an.

MARCUS STONE: ABWESENHEIT LÄßT DAS HERZ TIEFER EMPFINDEN

Dort, wo Du nicht bist ... ist alles leblos ...

Der englische Maler und Dichter *Dante Gabriel Rossetti* an Jane Morris, die Frau von William Morris, der offenbar nichts gegen ihre Beziehung hatte, 4. Februar 1870.

Meine Seele ist ohne Dich so tot & kalt ...

Der romantische Dichter *Percy Bysshe Shelley* an Mary Godwin, 28. Oktober 1814. Sie planten eigentlich eine Europareise, blieben aber aus finanziellen Gründen in London, wo sich Shelley vor seinen Gläubigern verstecken mußte. Das Paar sah sich nur selten und heimlich.

Wo soll ich Dich suchen?

Katharina Fröhlich an den österreichischen Dichter Franz Grillparzer, Wien 1843. Er befand sich auf einer Reise durch Griechenland und die Türkei.

An Weihnachten erhielt ich Deinen Brief ... Ich konnte Dich sprechen hören ... Ich schicke meine dankbaren Gedanken zu Dir und frage mich, ob Du sie spürst. Draußen sah ich am Abend eine wahrhaft weihnachtliche Szenerie. Ringsum alles schneebedeckt, ein trüber grauer Himmel schüttete mehr Schneeflocken aus ... Eine Gruppe von Pinguinen trieb nahebei ihre vergnügten Possen und ihre Freudenschreie hallten herüber, aber ich versuchte, auf dem weißen Vorhang der Schneeflocken Dein Gesicht zu malen, und ich sagte: Gott segne sie dafür, daß sie so eine selbstlose Frau ist und die beste Freundin für einen Mann, der sie nicht verdient ...

Der britische Entdecker *Robert F. Scott* an seine Frau, 1. Januar 1912. Scott kam 1912 in der Antarktis um, und dieser Brief wurde im Frühjahr darauf bei ihm gefunden. Er antwortet auf einen Brief, den Mrs. Scott einem Mitglied der glücklosen Expedition, Teddy Evans, mitgegeben hatte, um ihn Scott an Weihnachten auszuhändigen.

... der Gedanke an Dich vermehrt meine Leiden oft bis zur Höllenqual. Du weißt, daß ich Dich liebe – und kennst das Feuer, mit dem ich liebe. Kein Tag vergeht, daß Du nicht hundertmal an meiner Seele vorbeigehst ... Schick mir ein paar Hemdknöpfe, die Du getragen hast. Auch Kleinigkeiten sind mir teuer, wenn sie von Dir sind.

Christian Friedrich Daniel Schubart an seine Frau Helene, Sommer 1782. Der Aufklärungsphilosoph und Journalist befand sich zehn Jahre lang als politischer Gefangener Herzog Karl Eugens auf der Feste Hohenasperg.

... WIE EIN DUNKLER FLUSS IN MONDLOSER NACHT.

ROGER JOSEPH JOURDAIN: NACHDENKLICHKEIT, GALERIE GAVIN GRAHAM

Nun wünsche ich nichts, als daß meine Sachen schon in Ordnung wären, nur um wieder bey Dir zu seyn. Du kannst nicht glauben, wie mir die ganze Zeit her die Zeit lang um Dich war! – ich kann Dir meine Empfindung nicht erklären, es ist eine gewisse Leere – die mir halt wehe thut, – ein gewisses Sehnen, welches nie befriedigt wird, folglich nie aufhört – immer fortdauert, ja von Tag zu Tag wächst; – wenn ich denke, wie lustig und kindisch wir in Baaden beysammen waren – es freuet mich auch meine Arbeit nicht, gewohnt, bisweilen auszusetzen und mit Dir ein paar Worte zu sprechen, dieses Vergnügen nun leider eine Unmöglichkeit ist – gehe ich ans Klavier und singe etwas aus der Oper, so muß ich gleich aufhören – es macht mir zu viel Empfindung – Basta!

Der Strohwitwer *Wolfgang Amadeus Mozart* an seine Frau Constanze, die sich zur Kur in Baden bei Wien aufhielt, Wien, den 7. Juli 1791.

Es ist ein trauriger Notbehelf das Schreiben, und der kalte schwarze Tintenfaden ist soviel Mißverständnissen und Deutungen ausgesetzt, ruft unnütze Angst und Sorge hervor, namentlich bei meiner lieben Johanna ... Wenn Du doch sehn könntest, wie zufrieden ich lächle oder doch aussehe, wenn ich an Dich schreibe ...

Otto von Bismarck, der spätere preußische »Eiserne Kanzler«, an seine Braut Johanna von Puttkamer, 7. März 1747.

SEHNSUCHT & TRAUM

ERNEST NORMAND: PANDORA

DIE LIEBESFREUDEN, DIE WIR GENOSSEN, WAREN SO SÜSS, DASS DIE ERINNERUNG MICH WEDER TRAURIG MACHT, NOCH AUS MEINEM KOPF ZU VERBANNEN IST. WOHIN ICH MICH WENDE, SEHE ICH SIE, ERWACHSEN SIE VOR MEINEM BLICK MIT DEN WÜNSCHEN, DIE SIE WECKEN; DIESE BILDER VERSCHONEN MICH NICHT EINMAL IM SCHLAF. WÄHREND DER FEIERLICHEN MESSE, WENN DAS GEBET AM REINSTEN SEIN SOLLTE, ERFASSEN DIE ZÜGELLOSEN BILDER JENER FREUDEN DIES UNGLÜCKLICHE HERZ, SO DASS ICH MEHR IHNEN ALS DEM GEBET GEHÖRE. ICH SOLL BÜSSEN FÜR SÜNDEN, DIE ICH VERÜBTE, UND ICH SEUFZE NUR NACH JENEN, DIE ICH NICHT MEHR VERÜBEN KANN ...

Die französische Adelsdame *Héloïse* an ihren Geliebten Abaelard, um 1120. Er war ihr Lehrer; sie heirateten heimlich; die Verbindung wurde entdeckt, das Paar getrennt und Abaelard auf Befehl ihres Vormunds entmannt, während Héloïse auf Lebenszeit ins Kloster verbannt wurde.

... MIT DEN MENSCHEN ZUSAMMENSEIN, DIE MAN LIEBT, SAGT LA BRUYÈRE, DAS GENÜGT. TRÄUMEN, MAN SPRÄCHE MIT IHNEN; NICHT MIT IHNEN SPRECHEN; AN SIE DENKEN, AN GLEICHGÜLTIGERE DINGE DENKEN, ABER IN IHRER NÄHE, ALLES IST GLEICH. O MEINE FREUNDIN, WIE WAHR IST DAS! ... ICH WEISS WOHL – MUSS ICH ES NICHT – SEIT DREI MONATEN, DASS ICH FERN VON DIR SEUFZE, DASS ICH DICH NICHT MEHR BESITZE, DASS MEIN GLÜCK ZU ENDE IST; UND DOCH, JEDEN MORGEN, WENN ICH ERWACHE, SUCHE ICH DICH, NICHT ANDERS ALS FEHLE MIR DIE HÄLFTE MEINES SELBST ...

Honoré Gabriel Riquetti, Graf Mirabeau, an Sophie de Monnier, 7. September 1778 aus seiner Haft in Vincennes.

Heute warte ich umsonst auf meine Nachtigall. Vielleicht ist sie gestorben. Es ist nach Mitternacht; da schlug sie sonst am lautesten und goß mir ihr Lied so tief in meine Wunde und rief alle meine Sehnsucht auf, nach Dir! Heut ist sie still, nur der Brunnen rauscht, und das Wasser zieht auch ohne ihr Lied ... Es gibt Augenblicke, wo Du gegen mich erscheinst, als ob die Quelle Deiner Freuden, die Dir rauscht im frischen Leben Deiner Kinder, ebenso fröhlich fortrauschen würde ohne mich, wie da unten der Brunnen ohne die Stimme der Nacht.
In solchen Augenblicken ist meine Liebe nicht schwächer, aber ich fühle sie als brennenden Schmerz ... Und es mag kommen, daß ich dann mich fortsehne von Dir und der ganzen Welt, denn Du bist mir so sehr das Äußerste meiner Wünsche und Empfindungen geworden, daß ich mich von Dir nirgendshin sehnen kann als in den Tod. Und selbst diese Sehnsucht ... ist mir nur durch den Wunsch und die Hoffnung erträglich, daß ich Dich dort wiederfinde und daß Du mich dort nicht mehr betrüben wirst.

Nikolaus Lenau an Sophie von Löwenthal, April 1836. Lenaus Leidenschaft für die Verheiratete führte in den Wahnsinn; der Dichter starb 1844 nach sechsjährigem Aufenthalt in einer Heilanstalt.

Mein Herz – wir sind so weit voneinander getrennt – aber wenn man's bedenkt: eine Meile zwischen uns ist so schlimm wie tausend ... Wenn es Dich zufriedenstellt: Ich bin so unruhig wie ein Pilger mit Erbsen in den Schuhen und so kalt wie die Keuschheit – die Keuschheit oder sonst eine Tugend.

Der englische Dichter und Freiheitskämpfer *Lord Byron* an Annabella Milbanke, seine spätere Frau, 16. November 1814.

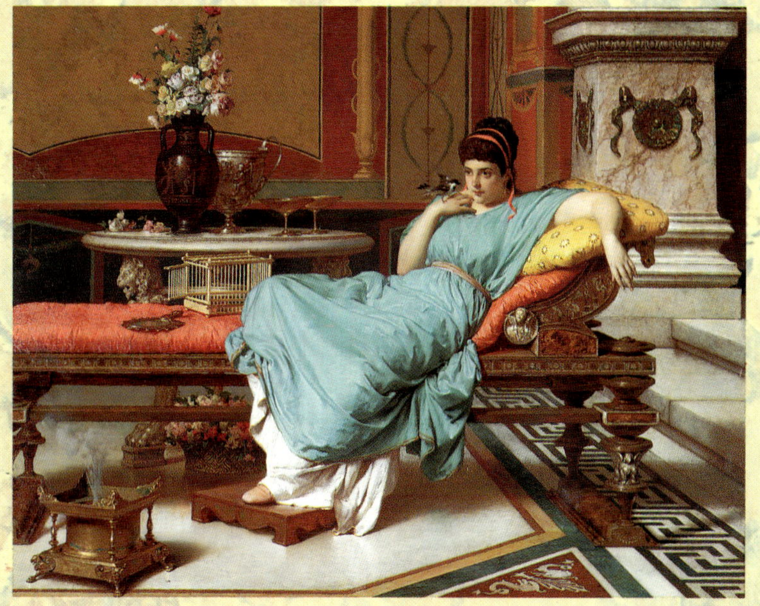

RAFFAELE GIANNETTI: POMPEJANISCHE SCHÖNHEIT

VERFLUCHT DIE STUNDE, ALS ICH BESCHLOSS, DICH ZU VERLASSEN, UM IN DIES PRACHTVOLLE LAND VON STAUB, PEST UND FEUERSBRUNST ZU FAHREN ... MEIN ENGEL, DEINE LIEBE IST DAS EINZIGE, WAS MICH HINDERT, MICH AM TÜRBALKEN MEINES TRAURIGEN GUTSHAUSES ZU ERHÄNGEN ... BEHALT DEINE LIEBE ZU MIR UND GLAUB, DASS DARIN ALLES GLÜCK LIEGT. ERLAUBST DU, DASS ICH DICH UMARME? ÜBER 350 MEILEN UND FÜNF QUARANTÄNE-STATIONEN HINWEG IST ES JA UNGEFÄHRLICH.

Der russische Dichter *Alexander Puschkin* an seine Verlobte Natalia Nikolajewna Gontscharowa, 30. September 1830, als er während einer Cholera-Epidemie in Moskau in Quarantäne bleiben mußte.

Mein einzig geliebter Mensch! Schon jetzt habe ich Heimweh nach Dir, als wärest Du Monate lang fort. Ich kann Dir gar nicht sagen, wie wehmütig es mir ist ... Wärest Du doch hier, Fritz und Emma thun ihr möglichstes, mich zu trösten, und der Junge glaubt wirklich, eine Verpflichtung zu haben. Gestern sagte er: »Il ne faut pas étre triste, chère Maman, tu as Emma,« aber ganz aus sich ... Dein für immer.

»Du mußt nicht traurig sein, Mama, Du hast ja Emma«, tröstete der Sohn: *Bertha Krupp* an ihren Mann Alfred, den deutschen Industriellen, 25. Juli 1857.

O meine Schöne, meine Liebe, meine Angebetete, mein Schatz Eva, ich bin ungeduldig wie eine angebundene Ziege, auch wenn's Dich nicht kümmert.

Der französische Dichter *Honoré de Balzac* an die polnische Gräfin Evelina Hanska, 23. November 1833.

ZORN & WUT & TRÄNEN

Nachdem
Sie entschlossen
sind, nicht mit ihm regel-
mäßig spazieren zu reiten,
kann ich Ihnen offen sagen, daß
mir das lieber ist ... Ich könnte ihm
... keine Satisfaktion in den Prater-
auen geben.

Kaiser Franz Joseph von Österreich an Katharina Schratt, um 1887. Da seine Frau Sissy ständig auf Reisen ging, war die Schauspielerin dreißig Jahre lang seine inoffizielle Gefährtin.

Möcht
ich fluchen
allen Worten, allen Tränen,
allen Herzen: Dir aber nicht; denn
ich bleibe Dir doch gut ...

Achim von Arnim an Bettine, die Schwester seines Freundes Clemens Brentano, 10. Juli 1810. Sie heirateten 1811.

Wer
gegen die
Liebe sündigt, ver-
wundet nur sich selbst.

Susette Gontard an Friedrich Hölderlin, den deutschen Dichter, 1798. Die Gattin eines Frankfurter Bankiers liebte den Hauslehrer ihrer Kinder leidenschaftlich. Er verherrlichte sie als Diotima im seinem Werk »Hyperion«.

MARCUS STONE: ZWIST

Einen Mann bringt nichts mehr auf als Grundlosigkeit und Leiden für ein Etwas, das schon vor 2 Jahren ein Nichts war ... Sage nur ja nichts Hartes; ein Brief nimmt gar zu viel und zu lange, bis ein zweiter wieder gibt.

Der Schriftsteller *Jean Paul* an seine eifersüchtige Frau Karoline, Juni 1818.

Ich hasse Ihre Offenheit. Bat ich Sie, mir die Wahrheit zu schreiben? Warum haben Sie mir meine Liebe nicht gelassen ... Ich wünschte keine Aufklärung.

Marianna Alcoforado, die berühmte »portugiesische Nonne«, an Noel Bouton de Chamilly, Graf von St. Leger, 1668.

Glückliche Ehen sind nichts Ungewöhnliches.

Die Journalistin *Eliza Wilson* an ihren Bräutigam, den englischen Bankier Walter Bagehot, 1858.

ANONYM: DIE HOCHZEIT

Alles sagt uns: es muß werden, wenn wir nur wollen … Schreiben Sie mir nur ein einfaches Ja …

Der deutsche Komponist *Robert Schumann* an die Pianistin Clara Wieck, 13. August 1837.

Nur ein einfaches Ja verlangen Sie? So ein kleines Wörtchen – so wichtig! doch – sollte nicht ein Herz, so voll unaussprechlicher Liebe wie das meine, dies kleine Wörtchen von ganzer Seele aussprechen können? Ich thue es und mein Innerstes flüstert es Ihnen ewig zu.

Claras Antwort an Robert, 15. August 1837.

Ich will Dich für immer – Tage, Jahre, Ewigkeiten.

Robert Schuhmann an Clara Wieck, 15. April 1838.

ANSTATT ZU SAGEN: »ICH MÖCHTE FÜR SIE STERBEN« WÜRDE ICH LIEBER MEIN LEBEN MIT IHNEN VERBRINGEN.

Der englische Schriftsteller *Sir Richard Steele* an Mary Scurlock, 11. August 1707.

Haus & Herz & Leben

*O Liebling, wie sehn ich mich danach, daß Du Dein Wort einlöst ...
Unser eigenes Zimmerchen, eigene Möbel, eine Bibliothek für
uns, ruhige, regelmäßige Arbeit, Spaziergänge zu zweit ...
ein kleiner – wirklich kleiner – Kreis von Freunden ...
Und vielleicht sogar ein kleines, ganz ein kleines Baby?*

Die 1919 von politischen Gegnern ermordete Sozialistin *Rosa Luxemburg* an ihren Mitstreiter Leo Jogiches, 16. März 1899. Aus der Heirat wurde nie etwas. Rosa konnte keine Kinder bekommen und fand Trost bei ihrer Katze Mimi.

Was für eine hübsche, heilige Sitte, daß zwei Menschen, die sich lieben, ein Kopfkissen teilen!

Der amerikanische Autor *Nathaniel Hawthorne* an seine Braut Sophia Peabody, 26. August 1839.

Mein lieber Verdi!
... Sollen ihre Huldigungen für Dich ruhig in den Himmel wachsen – wenn nur ich bei Dir sein darf! Du wirst sehen, ich werde Dich nie stören, Dir nur im richtigen Augenblick ergriffen und leise sagen, wie sehr ich Dich liebe und verehre ... Arbeite nicht zuviel, suche Dein Leben so zu gestalten, daß Du so alt wirst wie Methusalem (966 Jahre), und sei's auch nur zur Freude des Menschen, der Dich liebt, und den französischen Musikern zum Trotz. Ich küsse und umarme Dich, wünsche Dir guten Appetit und mir ein baldiges, sehr baldiges Wiedersehen. Ich liebe Dich noch immer ganz wahnsinnig!

Peppina Verdi an ihren Mann Giuseppe, Genua, 21. April 1880. Der Komponist hatte die gefeierte Sängerin Giuseppina Strepponi 1859 geheiratet, sie blieb fast 50 Jahre seine ideale Lebensgefährtin.

*Heut hat Dir die Bothin einen Brief gebracht,
morgen bringt sie wieder einen, so schreibe ich Dinge,
die gar kein Geld eintragen ... sie tragen viel
etwas Besseres ein:
eheliches Glück,
eheliche Freude
und häusliche Anmuth.*

Adalbert Stifter an seine Frau Amalia, Kirchschlag, 23. März 1866.

Sie hat meinem Ehrgeiz eine Bedeutung gegeben, eine Sicherheit und Seine Reinheit, die er zuvor nie hatte: solange sie zu mir steht, mich und mein Ziel unterstützt, alle meine Gedanken und Vorhaben versteht, so lange fühle ich, daß ich aus meinen Kräften das beste herausholen kann. Sie hat die Sonne in mein Leben gebracht, die es brauchte, um nicht zu verkümmern und zu verderben: das hat meinem Geist die alte Frische und Fröhlichkeit erhalten, das alte Vergnügen an Spiel und Lachen ...

Thomas Woodrow Wilson an seine Frau Ellen, 9. Mai 1886. Er war von 1913 bis 1921 Präsident der Vereinigten Staaten.

Meine Seele hat so eine Empfindung, wie Regenbogen, wie Wiedersehen, liebes Weib, wenn ich jetzt an Dich denke, so pocht mein Herz in einem ganz andern Takt als ehedem, es pocht nicht mehr wie die Inquisition an die Türe, nicht wie ein armer Schelm im Irrenhaus, der heraus möchte, nein, es ist das Pochen eines Bergmanns unter der Erde, der seine Schläge aus Freude verdoppelt, weil er seinen Freund auf der andern Seite der Schachtwand pochen hört.

Der Dichter *Clemens Brentano* an seine Frau Sophie Mereau, Frankfurt, 24. Januar 1804.

JOHN HAYNES WILLIAMS: DIE HEIMKEHR, HAYNES FINE ART

Ich schwöre Dir: wären wir nicht verheiratet – ich würde auf die Knie fallen und Dich bitten, meine Frau zu werden.

John Churchill, Herzog von Marlborough, an seine Gemahlin Sarah, 20. Januar 1680.

... ich mute Dir nicht zu, mir immer Rosen und Lavendel zu schicken.

Der Schriftsteller *Theodor Fontane* an seine Frau Emilie, London, 28. Juli 1856.

Für immer & ewig

… dass ich Sie liebe, wissen Sie schon längst, nur wissen Sie noch nicht wie gross diese Liebe ist – ja, mein Runge, gewiss, wir werden einst in einer bessern Welt nur Eins ausmachen, ganz nur ein Wesen seyn … wie klein wär der Bund, den wir schliessen wollen, wär er bloss für dise Welt, nein, wir schliessen ihn auch für die Zukunft …

Pauline Bassenge, die 17jährige Tochter eines hugenottischen Kaufmanns aus Dresden, an den Maler Philipp Otto Runge, Anfang 1803. Sie heirateten am 3. April 1804, siedelten über nach Hamburg. Runge starb am 2. Dezember 1810, einen Tag vor der Geburt des dritten Kindes. Pauline heiratete nicht wieder.

- 38 - Mich verlangt von ganzer Seele, bey Dir zu seyn und mit Dir den Weg durchs Leben zu gehen. Du missverstehst mich nicht und ich bin mit Dir eins von Anfang der Welt an: ich freue mich, dass wir wieder werden eins seyn, wie wir gewesen sind vor Gottes Angesicht … Bleibe, meine Pauline, wie Du es bist und wie ich mir es immer wünsche, dass wir mehr voneinander haben mögen wie bisher, es ist mir doch nichts lieber auf Erden wie Du; und das ist mir das höchste Siegel von Gottes Vorsehung, dass er Dich mir gegeben hat, ich habe mich ganz Dir hingegeben, liebes Kind, und ich will Dich wie meinen theuersten Schatz immer an der besten Stelle verwahren und am ersten für Dich sorgen, das verspreche ich Dir mit jedem Tag aufs Neue …

Philipp Otto Runge an Pauline Bassenge, Hamburg, den 13. Januar 1804.

Christine Marie Lovmand: Der Rosenstrauch, Galerie Christopher Cole

Nein! Bereue sie nicht, diese Liebkosungen, durch die Du mein dürftiges Leben schmücktest! … Nun bin ich geadelt: Ich habe den höchsten Ritterschlag erhalten. An Deinem Herzen, in Deinem Auge, von Deinen Lippen – ward ich der Welt enthoben. Jeder Zoll an mir ist nun frei und edel … Ach, noch atme ich ihn, den zauberischen Duft dieser Blumen, die Du mir von Deinem Herzen brachest: Das waren nicht Keime des Lebens; so dufte die Wunderblumen des himmlischen Todes, des Lebens der Ewigkeit … Deine Liebkosungen – sie sind die Krone meines Lebens … – Nein! Nein! Bereue sie nicht! Bereue sie nie!

Richard Wagner an Mathilde Wesendonck, die Frau seines großzügigen Gönners Otto Wesendonck, 1. Januar 1859. Der Komponist wurde durch sie zu seiner Oper »Tristan und Isolde« inspiriert, dem Drama um die tragische Liebe zwischen einem Ritter und seiner Königin.

… sollte ich nächsten Monat sterben, so habe ich einen Schatz im Herzen, dort, wo ihn mir keiner rauben kann, und wo nicht einmal der Tod Zutritt hat … So wenige Frauen waren so glücklich wie ich zu jeder Stunde meiner Ehe – so wenige hatten allzeit solch einen Himmel der Liebe in ihrem gemeinsamen Leben, dass es seltsam erscheinen mag, wenn ich niederschreibe, dass die Traurigkeit über den Tod und das Scheiden durch die Gewissheit gemildert, wird, dass Alfred und ich für immer und ewig eine unzertrennliche Einheit sein werden.

Laura Lyttleton an ihren Mann Alfred, Februar 1886. Sie starb kurz danach im Kindbett.

**Sie wird immer schöner, frischer, anmutiger blühen; denn sie ist eine echte Liebe ...
Sie ist eine wunderbare Pflanze, die Jahr um Jahr größer wird ...**

Der französische Dichter *Honoré de Balzac* an die polnische Gräfin Evelina Hanska, 6. Oktober 1833.

Bin ich ganz allein, gedenk ich meines langen Glaubens, so erfüllt mich eine Kraft, eine Seligkeit, Du könntest mir durch nichts entrissen werden ...

Der Berliner Dichter *Achim von Arnim* an Bettine, die Schwester Clemens Brentanos, 22. Juli 1810. Sie heirateten 1811.

Nein, mein Liebster, diese drei Briefe sind nicht der letzte Gruß der Geliebten, die Dich verläßt; sie sind die Umarmung des Bruders, der Dir bleibt. Dieses Gefühl ist zu schön, zu rein und zu köstlich für mich, als daß ich je den Schlußstrich ziehen wollte ...

Die französische Schriftstellerin *George Sand* an Alfred de Musset, 12. Mai 1834.

Vertraue auf das *Herz*, auf den Sieg des Wahren und Besten, dem wir uns hingeben. Und wir könnten untergehen? Dann, ja dann, müßte alles aus dem Gleichgewicht kommen und die Welt in ein Chaos sich verwandeln, wenn nicht der nämliche Geist der Harmonie und Liebe sie erhielte, der auch uns erhält. Lebt er ewig in der Welt: Warum! Wie! könnte er uns verlassen, dürfen wir uns wohl mit der Welt vergleichen! und doch kann es nicht anders in uns sein, wie im Großen so im Kleinen. Und wir sollten nicht vertrauen?

Die Frankfurter Bankiers-Gattin *Susette Gontard* an den Dichter Friedrich Hölderlin, Winter 1798/99. Er formte die Diotima in seinem Werk »Hyperion« nach ihrem Vorbild und wurde wahnsinnig, als sie starb.

Ich komme lebend zurück & so tief verliebt in Dich wie der Kormoran taucht, wie die Anemone wurzelt, wie Neptun atmet, wie das Meer tief ist.

Der britische Dichter *Dylan Thomas* an seine Frau Caitlin, aus San Francisco, vermutlich 5. April 1950.

Briefe

NÄHER & NÄHER S. 6

Meine theure, Geliebte Freundin!
So gar unentschloßen u. muthlos habe ich mich nie geglaubt: den ganzen Abend warn keine Gedanken in meiner Seele als Sie um die Erhöhrung meines einzigen Wunsches zu bitten. Kaum habe ich vor Sorge es anbringen zu dürffen von allem selbst von dem was sie sagten etwas verstanden: sie haben gewiß gesehn daß meine Antworten verwirrt warn u. auch jetzt kann ich nicht reden, ich kann nicht schreiben. Ach – Sie wissen meine Wünsche u. meine Hoffnungen. O – wenn es auch Ihre Wünsche u. ihre Hoffnungen sind, so eilen Sie Geliebte Freundin mir es zu sagen, daß ich es wiße u. nicht mehr zweifele u. ganz glücklich sage – Freundin! Ihre Güte ist ohne diesen Schrit nicht mehr erträglich – ich erliege – dem Gedanken daß ich zuviel hoffe. Nein theure Geliebte ich hoffe nicht zuviel.
Sie begünstigen so meine Hoffnungen nicht so wenn es nicht ihre Hoffnungen sind. O wenn sie es sind so eilen Sie mir es zu sagen, daß ich auch ein mahl wieder so ganz ruhig mir selbst wieder gleich werde. Laßen Sie nicht lang ihn flehen
Ihren
P.

Der Schweizer Pädagoge Johann Heinrich Pestalozzi an Anna Schulthess, Mai 1767. Pestalozzi begegnet Anna Schulthess zum ersten Mal am Sterbebett eines gemeinsamen Freundes. Er ist sofort von ihr fasziniert. Trotz der noch lebhaften Erinnerung an den von beiden verehrten Freund, und trotz des Altersunterschiedes – Anna ist neun Jahre älter als der damals Anfang Zwanzigjährige – erklärt er sich ihr und trifft auf Gegenliebe. Annas Eltern, wohlhabende Kaufleute, sind gegen die Verbindung ihrer Tochter mit dem mittellosen Pestalozzi, der noch nicht einmal eine Ausbildung hat. Beide halten jedoch zäh an ihrer Liebe fest.
Nachdem Pestalozzi eine Ausbildung zum Agrarfachmann, die sonst zwei Jahre dauert, in neun Monaten absolviert, legt u. a. Bürgermeister Heidegger ein gutes Wort für den jungen Mann ein. So stimmen Annas Eltern zu, verweigern ihr aber die Mitgift. Das Paar heiratet am 20. Oktober 1769, am 19. August des folgenden Jahres wird Jakob geboren, der das einzige eigene Kind bleibt und mitten unter Pestalozzis Waisenkindern erzogen wird. Annas Erbe wird später oft zum Rettungsanker für Pestalozzis glücklose wirtschaftliche Unternehmungen. Ihr Tod 1815 trifft ihn schwer. Pestalozzi selbst stirbt erst 1827.

Quelle: Handschriftenabteilung der Zentralbibliothek Zürich.

OFFEN & EHRLICH S. 8

(Nachtrag am oberen Briefrand)
Wie wunderbar ist es, daß Du mir in demselben Augenblick schriebst, Du weißt nicht wie mich das rührt. Solches Herrliches zusammen treffen ist der wahre Beweis, daß ein Zustand wahr und lebendig ist; daß er ewig ist, und daß Gott sich hineinmischt.
(Eigentlicher Brief-Beginn)
Dieser Zettel ist nichts als ein Kind der Ungeduldt von dem ungedultigsten Kinde, er soll dir nichts sagen, als was du weißt und glaubst und hoffst und liebst; daß ich dich liebe ganz närrisch liebe. Ich habe die ganze Nacht von diesem geträumt, ein solcher Traum ist eine wunderbar schöne Insel, worauf wir zwei Robinsone sind, wenn aber der Tag anbricht, so verschlingt sie das Weltmeer der Liebe, ich weiß auch nicht mehr was ich träumte, denn ich träume nun wieder wachend von dir und nur von dir. O ich werde dir einen Vogel abrichten, so einen schönen bunten Vogel, der dir den ganzen Tag singt, freue dich traut Lieb, dich liebt er so herzlich. Lieb, Lieb, Lieb, o du mein! Ach ich kenne mich nicht mehr, mein ganzes Leben ist verwandelt, eine Menge Flammen die ich eingekerkert in der Tiefe schlagen über meinem Haupte zusammen, nächstens sollst du mich mit glühenden Locken sehen, eine Menge Quellen, die mein Inneres feßelte, brachen ihre Bande, und strömen durch meine Adern, mein Blut wird ein Kastilischer Quell und mein Herz taumelt, es pocht nicht mehr. »Bald«, bald werde ich singen, wie keiner vorher, es ist eine goldne Zeit entstanden, o münze diese Zeit, Sophie, dann sind wir unendlich reich, o mache dir ein Halsband und Ringe und einen Gürtel daraus, denn alles irdische werde ich einst an dir zerbrechen. Lege solchen ewigen Schmuck an, einen Talisman gegen alle Zerstörung – Ja es ist wahr, es ist möglich, du liebst mich, (in diesem Augenblick erhalte ich dein eignes Geständnis) Gott! welche Begegnung!
Du antwortest mir, ehe ich dich anredete, es ist das erstemahl, es ist Gott gelungen, du bist in die Ordnung eingegangen, du liebst mich wie ich und Bettine lieben.
Dein Clemens.

Sophie Mereau und der junge Brentano lernen sich 1798 kennen. Sie, die bereits schriftstellerisch Beachtung findet, verhilft dem acht Jahre jüngeren Freund, der in ihr die verstorbene Mutter wiedersieht, zu erster Popularität. Die Beziehung ist nicht unproblematisch. Zum einen ist Sophie noch verheiratet, zum anderen führt Brentanos launisches Wesen zu wiederholten Kränkungen der Geliebten und schließlich zum radikalen Bruch. Erst

nach drei Jahren gestattet Sophie Clemens ein Wiedersehen. Sie ist inzwischen geschieden und hat durch ihr künstlerisches Schaffen als eine der wenigen Frauen ihrer Zeit den Schritt in die wirtschaftliche Unabhängigkeit geschafft. Aus dieser Zeit des zweiten Frühlings ihrer Liebe stammt dieser Brief. Clemens' Heiratswünschen steht sie lange ablehnend gegenüber. Erst als sie ein Kind erwartet, willigt sie ein. Das Glück ist jedoch nur von kurzer Dauer. 1806 stirbt sie an den Folgen einer schweren Geburt. Clemens ist schwer getroffen. Eine zweite, überstürzte Ehe verläuft unglücklich und wird bald geschieden. Die erste Frau kann er nie vergessen.
Bettine, die am Briefende erwähnt wird, ist Brentanos Schwester.

Quelle: Sammlung Varnhagen von Ense, Biblioteka Jagiellonska, Krakau.

TAG & NACHT *S. 10*

Von Billwerder Samstag den 27ten Aug. – (17)52
(Zusatz von Klopstock)
Es ist mein göttliches Mädchen. Ja das ist Sie!
(Eigentlicher Briefbeginn)
Nun sind es schon drey Stunden, daß ich nicht bey dir bin, mein Süsser. O was ist ein Leben ohne dich ein schlechtes Leben! Du Bester, man riß mich aus deinen Armen, da ich Dich so unaussprechlich lieb hatte. Warum lässt man mich nicht auf immer mit dir in meinem Zimmer?! Mir fehlt da nichts. Ich merke es nicht daß andre Leute in der Welt sind. Ich bin immer vergnügt, immer glüklich.
Ich habe meinen Kl. ach meinen – Bräutigam. Ich genieße in seinen Armen die höchste Glückseeligkeit. Ach mein Kl. wie bin ich so sehr glücklich! Ich tausche nicht mit Engeln, wenn ich in deinen Armen bin, dich küße, dich sehe, dir sage, daß ich dich liebe, u. was alles dieses noch übertrift, wenn du mir sagst, daß du mich gleichfalls liebest, wenn du mir daß (durchgestrichen) das mit deiner süßen unnachahmbaren Stimme zulispelst, u. wenn ich dann mit meiner ganzen Empfindung mein Glück fühle. – Womit hat es denn Cläry verdient, daß sie so glücklich ist? Gütiger Himmel, womit hat sies verdient? – Aber so ein Glük läßt sich ja nicht verdienen. – Und ich muß so hier seyn! Und soll dich [auch] morgen [nicht] u. kaum übermorgen sehen! Und du Bester, du liebst mich, wie ich dich liebe, du leidst also, was ich leide. Ach mein Süsser, mein Süsser! Montag Abend wollen wir uns das alles wiedervergelten. Aber morgen soll ich dich den ganzen Tag nicht sehn! – Doch ich will nicht klagen. Ich sollte ja suchen, dich durch meinen Brief aufzuheitren.
Höre mein Süsser, ich bin gar nicht lange im Garten gewesen, ich bin gleich nach meinem Zimmer gegangen, weil es ein wenig kühl war. Ich befinde mich zwar gar nicht schlimmer, ich habe es aber gethan, weil ich Deine Cläry bin. Kriege dadurch Vertrauen zu meiner Sorgfalt. O mein Leben u meine Gesundheit ist mir itzt viel zu kostbar mein Kl!
Ich werde mich schon in Acht nehmen. Ich werde mich schon dir (mehrere Wörter unleserlich gemacht) zu erhalten wissen. – Wenn es nur nicht so finster würde!
Ich kann nicht mehr sehn. – Lebe wohl mein Kl. Ich weis nicht, ob ich werde mehr schreiben können. Ach ich bin ganz Deine Cläry!

Margareta Moller an Friedrich Gottlieb Klopstock (1724-1803), den Dichter des »Messias« und vieler Oden. Die jüngste von drei Schwestern aus einer Familie des gebildeten Hamburger Bürgertums erkämpfte sich als einzige den Mann ihrer Wahl; die beiden älteren mußten – wie damals üblich – mit der Wahl ihrer Eltern vorlieb nehmen und zufrieden sein, dabei nicht unglücklich zu werden. 23jährig liest sie durch Zufall Teile des damals noch unveröffentlichten »Messias« von Klopstock und ist begeistert. Ein gemeinsamer Freund vermittelt daraufhin 1751 eine erste Begegnung, als Klopstock auf der Durchreise von Zürich nach Kopenhagen in Hamburg Station macht. Beide sind sofort füreinander entflammt. Klopstock vergißt seine unerwiderte Liebe zu seiner Kusine Fanny, unter der er damals sehr litt. Es beginnt eine ungetrübte, glückliche Beziehung, die leider nicht lange währt. 1758, nach nur vier Ehejahren, stirbt Meta Moller an den Folgen einer Totgeburt. Erst 33 Jahre später heiratet Klopstock ein zweites Mal: Metas Nichte, Johanna Elisabeth von Winthem.

Quelle: Handschriftenabteilung der Staats- und Universitätsbibliothek Carl von Ossietzky Hamburg.

FEUER & ZÄRTLICHKEIT *S.12*

(Zusätze von William Godwin)
53 4. Oktober 1796
(Eigentlicher Briefbeginn)
Ich muß einfach eine Zeile schreiben, um Dir
Dein Dinner zu versüßen – Nein, um Dir ein
bißchen Salz über Dein Hammelfleisch zu streuen;
da Du jedoch keinen Bissen zu Dir nimmst,
brachte Mary mir etwas herauf von diesem
Dinner, da Du ausgingst und hinderte mich,
es zu genießen – Ich hätte gerne mit Dir
gegessen heute, nach der Beendigung
Deines Essays – damit meine Augen und
Lippen, wobei ich meine Stimme ausklammere,
Dir hätten erzählen können, daß sie Dich in meiner
Wertschätzung erhöht haben.
Welch ein kaltes Wort! Ich würde sagen
Liebe, wenn Du versprichst, nicht über
seine Angemessenheit zu debattieren, wenn
ich eine wachsende Empfindung ausdrücken möchte,
die sich auf einer intimeren Bekanntschaft mit
Deinem Herzen und Verstehen gründet.
Ich will meine ganze Liebenswürdigkeit entkorken –
doch könnte sich die edle ätherische Essenz

verflüchtigen auf dem Weg – Du weißt nicht,
wieviel Zärtlichkeit für Dich mir in einem sinnlichen
Seufzer entflieht, wenn die Luft, was oft der Fall ist,
eine angenehme Bewegung der Gefühle zuläßt,
welche rundum mein Herz umrankten, als ich heute
morgen las – und mich erinnerten, hin und wieder,
daß der Verfasser mich liebt. Sinnlich drückt oft
eine Bedeutung aus, die ich jetzt nicht damit verbinden möchte.
Ich würde damit einen Augenblick umschreiben, in dem
die Sinne vollkommen durchdrungen sind von
der erwachenden Zärtlichkeit des Herzens und
die Vernunft Dich dazu verlockt, im gegenwärtigen
Moment zu leben, ungeachtet der Vergangenheit
und der Zukunft – Es ist keine Verzückung.
Es ist eine erhabene Gemütsruhe.
Ich hab sie verspürt in Deinen Armen – Pst!
Laß es das Licht nicht sehen, ich wollte fast
sagen: hören – Bekenntnisse dieser Art
sollte man nur aussprechen – Du
weißt wo, wenn die Vorhänge
zu sind – und die ganze Welt ausgeschlossen
ist –
Ach herrjeh! Was soll ich heute tun,
ich sehe die unerfreuliche Pflicht voraus,
Zuneigung zu unterdrücken – und ich
fließe über von größter Sympa-
thie – Ich wünschte, ich träfe Dich daheim
an, wenn ich diesen Brief wegbringe,
um ihn in den Briefkasten zu werfen, daß ich Dir
mit ihm auch einen Kuß ins Herz schicke könnte,
der dort erhalten bleiben soll, bis wir wieder zusammen sind,
ganz nah (ausgestrichen)
Lies das letzte Wort nicht – ich ziehe Dich zur Rechenschaft!

Die anglo-irische Schriftstellerin und Frauenrechtlerin Mary Wollstonecraft an den Philosophen und Schriftsteller William Godwin am 4. Oktober 1796. Sie erholte sich von ihrer vorherigen Liebe zu Gilbert Imlay, der sie verließ, als sie ein Kind von ihm erwartete, worauf sie versuchte, sich in der Themse das Leben zu nehmen. Sie heiratete Godwin am 29. März 1797 und starb noch im selben Jahr bei der Geburt eines Mädchens. Diese Tochter, Mary, wurde später die Frau des Dichters Shelley und verfaßte den berühmten Schauerroman »Frankenstein«.

Quelle: Bodleian Library, Oxford. Abgedruckt mit freundlicher Genehmigung Lord Abingers, des Besitzers des Manuskripts.

BITTEN & BESCHWÖREN *S. 16*

(Vordruck auf dem Briefpapier des Clubs)
Quadrangle Club Chicago
Cat: mein Kätzchen: Wenn Du mir nur schreiben wolltest: Meine Liebe, oh Cat.
Ich bin nicht, wie die obenstehende Adresse vermuten läßt, in einer Spelunke, einer Absteige, einem Saloon, etc., sondern in dem ehrbaren und vornehmen Hauptquartier der Herren der Universität von Chicago. Ich liebe Dich. Darin besteht meine ganze Wissenschaft. Aber alles, was ich noch weiß, ist, daß ich ins Blaue hinein schreibe: die Sorte von furchtbarem, unerforschtem Raum, den ich gerade betrete. Ich bin unterwegs nach Iowa, Illinois, Idaho, Indindiana, und diese Orte, wenngleich in falscher Schreibweise, existieren auf der Karte. Du nicht. Hast Du mich vergessen? Ich bin der Mann, von dem Du früher sagtest, Du liebst ihn. Ich pflegte in deinen Armen zu schlafen – erinnerst Du Dich? Doch Du schreibst mir nie. Ich bin Dir vielleicht schon gleichgültig geworden. Du mir aber nicht. Ich liebe Dich. Es gibt keinen Augenblick an irgendeinem dieser gräßlichen Tage, in dem ich mir nicht sage: »Es wird alles gut gehen, ich werde heimkehren. Caitlin liebt mich. Ich liebe Caitlin.« Doch vielleicht hast Du alles vergessen. Wenn Du Deine Gefühle für mich vergessen oder verloren hast, bitte, meine Cat, laß es mich wissen. Ich liebe Dich.
Dylan
Die Adresse ist immer noch Brinnin. Er schickt mir alle Post an meine verlorenen Adressen nach. Ich liebe Dich.

Dylan Thomas, der Dichter aus Wales, an seine Frau Caitlin, 16. März 1950, während einer Lese-Tournee durch die Vereinigten Staaten. Vielleicht beantwortete sie seine Bitten, doch führten sie immer eine stürmische Ehe. Thomas unternahm vier Amerika-Reisen und starb 1953 in New York.

Quelle: Maurice Neville.

Anmerkung zum Bild Seite 17: *Das Bild des englischen Künstlers Sir Stanley Spencer zeigt Spencer mit seiner Frau Hilda. Spencer schrieb viele Liebesbriefe an seine Frau, selbst nach der Scheidung. Während ihrer Ehe wurden die Briefe selten per Post befördert: sie lasen sie einander vor. Das Bild entstand, wie der Brief von Dylan Thomas, 1950, im Jahr von Hildas Tod.*

DU & ICH IM DUETT *S. 18*

am 6. juli,
Morgens
Mein Engel, mein alles,
mein Ich. – nur einige
Worte heute, und zwar mit
Bleistift – (mit Deinem) erst bis morgen ist
meine Wohnung sicher bestimmt,
welch nichts würdiger Zeit=
Vertreib ist d. g. warum
dieser tiefe Gram, wo die
Nothwendigkeit spricht –
Kann unsre Liebe anders
bestehen als durch Aufopferungen,

durch nicht alles Verlangen,
kannst Du es ändren, daß Du
nicht gantz mein, ich nicht
gantz Dein bin – Ach Gott
blick in die schöne Natur
und beruhige Dein Gemüth
über das müßende – Die Liebe
fordert alles und gantz mit recht,
so ist es mir mit Dir, Dir mit
mir – nur vergißt Du
so leicht, daß ich für mich und
für Dich leben muß, wären
wir gantz vereinigt, Du würdest
dieses Schmerzliche eben
so wenig wie ich empfinden –
Meine Reise war schrecklich
ich kam erst Morgens um
4 Uhr gestern hier an,
da es an Pferden mangelte,
wählte die Post eine andre
Reiseroute, aber welch
schrecklicher Weg, auf der vor=
letzten Station warnte
man mich bey nacht zu fahren,
machte mich einen Wald
fürchten aber das reizte
mich nur – und ich hatte
Unrecht, der Wagen mußte
bei dem schrecklichen Wege
brechen, grundlos, bloßer
Landweg, ohne solche Postil=
lioner, wie ich hatte, wäre
ich liegen geblieben unterwegs –
Esterhazy hatte auf dem
andren gewöhnlichen Wege
hiehin dasselbe Schicksal,
mit 8 Pferden, was ich mit Vier. –
jedoch hatte ich zum
Theil wieder Vergnügen,
wie immer, wenn ich was glüklich
übersteh – nun geschwind
zum innern vom äußern,
wir werden unß wohl bald sehn,
auch heute kann ich Dir meine
Bemerkungen nicht mittheilen,
welche ich während dieser
einigen Tage über mein
Leben machte – wären
unsre Herzen immer dicht an
einander, ich machte wohl keine d. g.
Die Brust ist voll Dir viel zu
sagen – Ach – es
gibt Momente, wo ich finde
daß die Sprache noch gar
nichts ist – O erheitre Dich –
bleibe mein treuer eintziger
Schatz, mein alles, wie ich Dir
Das übrige müßen die Götter
schicken was für uns seyn muß,
was seyn soll. –
Dein treuer
Ludwig. –
Abends montags am 6ten juli
Wie leidest Du mein theuerstes
Wesen – eben jezt nehme ich wahr
daß die briefe in aller Frühe
aufgegeben werden müßen.
Montags – donnerstags –
die eintzigen Tage da
die Post von hier nach K.
geht – Du leidest – ach, wo
ich bin, bist du mit mir, mit
mir, und Dir rede ich, mache
daß ich mit Dir leben kann,
welches Leben!!!! so!!!!
ohne Dich – verfolgt von
der Güte der Menschen hier
und da, die ich meyne – eben so
wenig verdienen zu wollen, als
sie zu verdienen – Demuth
des Menschen gegen den
Menschen – sie schmerzt
mich – und wenn ich mich
im Zusammenhang des
Universums betrachte,
was bin ich und was ist
der – den man den
Größten nennt –
und doch – ist wieder
hierin das Göttliche
des Menschen – ich
weine, wenn ich denke
daß Du erst wahrscheinlich
Sonnabends die erste
Nachricht von mir
erhältst – wie Du mich
auch liebst – stärker
liebe ich Dich doch – doch
nie verberge Dich vor
mir – Gute Nacht – als
Badender muß ich schlafen
gehn – (2 Worte unleserlich
gemacht) Ach Gott –
so nah! so weit! ist es
nicht ein wahres Himmels=
gebäude unßre Liebe –

aber auch so fest, wie
die Veste des Himmels. –
Guten Morgen am 7ten juli –
Schon im Bette drängen sich
die Ideen zu Dir meine
Unsterbliche Geliebte,
hier und da freudig,
dann wieder traurig,
vom Schicksaale ab=
wartend, ob es unß erhört –
Leben kann ich entweder nur
gantz mit Dir oder gar nicht,
ja ich habe beschlossen in
der Ferne so lange herum
zu irren, bis ich in Deine
Arme fliehen kann,
und mich gantz heimathlich
bey Dir nennen kann,
meine Seele von Dir
umgeben in's Reich der
Geister schicken kann –
ja leider muß es seyn – Du
wirst Dich fassen, um so mehr,
als du meine Treue gegen
Dich kennst, nie eine andre
kann mein Herz besitzen,

nie – nie – o Gott warum
sich entfernen müßen, was
man so liebt, und doch ist mein
Leben in V. so wie jezt ein
kümmerliches Leben – Deine
Liebe macht mich zum glück=
lichsten und zum unglücklichsten
zugleich – in meinen Jahren jetzt
bedürfte ich einiger Einförmigkeit,
Gleichheit des Lebens – kann
diese bei unserem Verhältniße
bestehn? – Engel, eben
erfahre ich, daß die Post
alle Tage abgeht –
und ich muß daher
schließen, damit Du
den B. gleich erhältst –
Sey ruhig, nur durch
ruhiges Beschauen unsres
Daseyns können wir
unsren Zweck zusammen
zu leben erreichen –
sey ruhig – liebe mich –
heute – gestern –
welche Sehnsucht mit
Thränen nach Dir –
Dir – Dir – mein
Leben, mein
alles – leb
wohl – o liebe
mich fort – verkenne
nie das treueste
Herz Deines
Geliebten
L.
Ewig Dein
Ewig mein
Ewig uns.

Der deutsche Komponist Ludwig van Beethoven (1770-1827) an die »Unsterbliche Geliebte«, vermutlich Teplitz, 1812. Ihm, der zeitlebens unverheiratet blieb, wurden viele Liebschaften nachgesagt, die jedoch anscheinend nie tief oder von längerer Dauer waren. Der Brief an die »Unsterbliche Geliebte« überraschte daher viele in seiner Leidenschaft und Intensität. Er wurde nach Beethovens Tod im Jahre 1827 in einem Geheimfach in seiner Wohnung gefunden und war offenbar nie abgesandt oder ungelesen zurückgeschickt worden. Er war weder datiert, noch trug er den Namen der gedachten Empfängerin. Wem also galt er? Wir kennen verschiedene Frauen im Umkreis Beethovens: Seiner Jugendfreundin Eleonore von Breunig erteilte er Klavierunterricht, in Wien begegnete er Therese Malfatti, und als er schon taub war, unterhielt er – wie Goethe – einen Briefwechsel mit Bettine Brentano, der zeigt, daß er nie verlernte, was Zuneigung, Freundschaft, Liebe bedeuten. Manche Spuren führen zu Amalie Sebald oder Therese Brunswick und ihrer Schwester Josephine Gräfin Deym-Stackelberg, andere zu Giulietta Guicciardini. Die meisten Indizien sprechen für die Frau des Frankfurter Kaufmanns Franz Brentano, Antonie Brentano. Von 1809 bis zum Herbst 1812 lebte sie mit ihrer Familie in Wien. Durch ihre Schwester Bettine lernte sie Beethoven kennen. Es entwickelt sich rasch eine tiefe Freundschaft zwischen dem Musiker und dem Ehepaar. Antonie achtet und schätzt ihren Mann, doch die Ehe wurde nicht aus Liebe geschlossen, und in der Frankfurter Gesellschaft ist sie sehr unglücklich. Es ist daher durchaus plausibel, daß sie sich in Beethoven verliebte. Womöglich hat sie ihm signalisiert, daß sie bereit war, ihre Familie aufzugeben, und seine moralischen Prinzipien und seine Loyalität gegenüber dem Ehemann und Freund hinderten ihn, ein solches Angebot anzunehmen. Beethoven blieb Zeit seines Lebens mit den Brentanos gut befreundet.

Quelle: Staatsbibliothek zu Berlin – Preussischer Kulturbesitz, Musikabteilung mit Mendelssohn-Archiv.

GEBEN & NEHMEN *S. 22*

Freitag Abend 8 U.
Wenn ich nur eine Frau von Geist wäre, dann könnte ich Ihnen beschreiben, mein prächtiger Vogel, wie Sie in sich alle Schönheiten der Gestalt vereinigen, des Gefieders und des Gesanges!

Ich würde Ihnen sagen, daß Sie das wunderbarste aller Wunder sind , die bisher über mich gekommen sind. Und ich würde nichts sagen als die schlichte Wahrheit. Aber um es alles zu sagen, mein Herrlichster, bräuchte ich eine harmonischere Stimme als die, welche mir verliehen ist gemäß meiner Spezies: der Schleiereule, die Sie so oft verspottet haben, daher kann ich Ihnen nicht sagen, in welchem Maße Sie erregend sind; das überlasse ich all den Vögeln, die so herrlich singen und die, wie Sie wissen, nicht weniger schön und voller Bewunderung.
Ich überlasse es ihnen, Sie zu betrachten, Ihnen zuzuhören und Sie zu bewundern. Ich hingegen behalte mir das Recht vor, Sie zu lieben. Das mag weniger harmonisch in den Ohren klingen, aber es ist viel süßer fürs Herz. Ich liebe Sie. Ich liebe dich, mein Victor. Ich kann es nicht oft genug wiederholen. Ich kann niemals genug sagen, wie ich fühle.
In allem Schönen um mich her erkenne ich Dich, in den schönen Formen, den schönen Farben, den süßen Düften, den harmonischen Klängen, das alles bist Du für mich, und mehr als was ich sehe: Und was ich verehre, das bist Du!
Du bist nicht nur das Spektrum des Sonnenlichts mit seinen sieben lichten Farben, sondern Du bist die Sonne selbst, die erhellt, die wärmt, die belebt! Ja, das bist Du, und ich, ich bin eine arme Frau, die Dich anbetet.
Juliette
Wenn Du kommst, so behandle mich, als ob Du mich hoffen ließest. Ich sehe Dich bald. Es ist das erste Mal, daß ich mich nach dem Schauspiel mit ganzer Inbrunst sehne ...

Die französische Schauspielerin Juliette Drouet an den Dichter Victor Hugo, um 1835. Sie schrieb ihm 50 Jahre lang leidenschaftliche und lyrische Briefe, die zu den schönsten der französischen Sprache gezählt werden.

Quelle: Bibliothèque Nationale de France, Paris.

SONNE & LICHT *S. 24*

Das war ein Brief von Dir, liebe Seele! hät'st Du mich sehen können, wie ich Tränen der innigsten Freude weinte, auf dieses neue Zeichen Deiner so unaussprechlich süßen, beglükenden Liebe, wie ich in dem Augenblik so innig fühlte, was ich an Dir habe, wie meine Tage wieder so heiter, so ruhig hinfließen. O Mädchen! Auch in der Trennung ist Deine Liebe Seligkeit, auch dieses Sehnen ist Wonne Deinem Jüngling – denn jeder Augenblik sagt mir, daß Du Dich ebenso nach mir sehnst, daß Dir diese etlichen Jahre eben so lange werden als mir. Und nur noch eilf Wochen bis Ostern, Liebe?
Freilich ists lächerlich nur noch eilf Wochen – aber wir wollen uns so trösten – und dann – o Louise! Louise! dann – ich kann sie [nicht] nennen, all die Seeligkeit die meiner in Deinen Armen wartet – der Buchstabe ist eben Buchstabe, u. da laß ich Dichs lieber fühlen wie diese Erwartung mein Herz erhebt. Und Du erinnerst Dich noch der lieben Worte, unsres letzten Besuchs, – sie sind Dir tief in die Seele eingegraben? O Louise! sie [sind] mein einziger Gedanke in der Einsamkeit, meine einzige Beschäftigung in den seeligen Dir geweihten Stunden.
O u. Dein Traum? – Herliches, liebes Mädchen, wie bin ich so glüklich? und um wie viel glüklicher wär' ich, wenn ich in Deinen Armen mein ganzes wonnerfülltes Herz vor Dir hin ergießen könnte. Es ist mir so wohl, wenn ich daran denke, wie ich oft so gedultig, u. doch so voll innigster Sehnsucht an jenem Pläzgen wartete, bis ich die Teure am Fenster sah, u. wie (mich wenig vom – diese 3 Worte durchgestrichen) er mich entzükte der Gedanke, daß Du in der ganzen lieben Welt auf nichts bliktest, als auf Deinen Hölderlin, daß nur ich in dieser Brust wohne – Louise! Louise!
u. wenn ich Dich aus Deinem Hause dem Kreuzgang zugehen sah – es ist mir noch alles so lebendig – der schöne majestätische Gang, das liebevolle Auge nach mir heraufblikend, u. die Erwartung der seeligen Stunde auf Deinem Gesichte (und dem – durchgestrichen) so ganz ausgedrükt – u. wie uns Erd u. Himmel schwanden, in der Stille u. Dämmerun – Und die gute Heinrike ist wirklich bei Dir?
Möchte doch all die Freundschaft, die sie uns erwiesen hat, ihr tausendfach in ihrer neuen Lage vergolten werden. Sie wird mit ihrer heitern gefälligen Seele sich und ihren Gatten gewiß beglüken. Und Du erinnerst Dich auch noch der glüklichen Zeiten in Leonberg – denkst Du noch an all die seeligen Stunden? die Stunden der feurigsten süßesten Liebe? O Louise! ists denn nimmer möglich, an irgend einem Orte bei guten Leuten so nah um Dich zu sein? Verdien ich's nicht noch?
so beglükt zu werden – Doch wieder ewige Plane! – 's wird Dir aber auch so gehen, liebe Seele! Die Tage, (wenn – durchgestrichen) die ich in Leonberg zubrachte, waren zu schön, als daß ich sie mir nicht noch oft wieder träumen solte. O nur der Abschied! – Es goß so eine süße Wehmuth über meine ganze Seele, u. begleitete mich den ganzen Weg über.
Nur, als ich die Berge um Nürtingen sahe, u. der Wald vor Leonberg so nach u. nach sich hinter mir verlohr – da stürzten mir Tränen des bittersten Schmerzes aus den Augen – ich mußte lange hinstehen – Der übrige Theil meiner Reise wurde mir noch einmal so sauer, als zuvor. –
Deinen Jfr. Schwestern tausend Complimente – auch an Jfr. Käufelin u. ich laß ihr zum neuen Jahre einen flinken Pinsel wünschen.
Schlaf wohl, liebes Mädchen! Liebe mich, wie bisher. Ich bin ewig
Dein
Hölderlin.

Der Dichter Friedrich Hölderlin (1770-1843) als 19jähriger Seminarist an Louise Nast, Tübingen, Januar 1789. Hölderlin lernte Louise, jüngste Tochter des Maulbronner Klosterverwalters, durch ihren Bruder, seinen Schulfreund Immanuel, 1786 kennen und verlobte sich bald heimlich mit ihr, löste das Verlöbnis aber im Frühjahr 1790 wieder auf. Louise heiratete 1794 einen Amts-

schreiber. Hölderlin wurde zunächst Hauslehrer in Jena, 1796 dann bei der Frankfurter Bankiersfamilie Gontard. Die Hausherrin, Susette Gontard, war die große Liebe seines Lebens. Er verewigte sie als Diotima im »Hyperion« und verfiel nach ihrem Tod in Wahnsinn. – Hölderlin bezieht sich auf einen Brief Louises von Neujahr 1788/89, in dem sie einen »herlichen Traum« mitteilt: »Du standst oben wo man ins Closter geht«, schreibt sie, »strektest Deine Arme sehnend nach mir aus, Gott imm Himmel, welcher Anblik, Deine schwarze Kutte alles wieder wie vorher ...« – Hölderlin benutzte das Familiensiegel, das im Schild einen Holunderzweig zeigt, sowie auf dem Spangenhelm als Zier einen Mann mit Holunderzweig. Im Original ist nur noch ein Bruchstück des Siegels erhalten.

Quelle: Württembergische Landesbibliothek Stuttgart, Hölderlin-Archiv, Cod.poet.fol.63, IV,2 Nr.3.

Ausser Rand & Band *S. 26*

Dienstag Morgen
Mein liebstes Mädchen,
Ich schrieb Dir gestern einen Brief in der Erwartung, Deine Mutter zu sehen. Ich werde egoistisch genug sein, ihn Dir zu schicken, obwohl ich weiß, daß er Dich vielleicht etwas quält, denn ich möchte, daß Du merkst, wie unglücklich ich wegen meiner Liebe zu Dir bin, und ich bemühe mich redlich Dich zu verführen, mir Dein ganzes Herz zu schenken, mir, dessen ganzes Sein von Dir abhängt. Du könntest keinen Schritt tun oder mit den Wimpern zucken, ohne daß es mir einen Stich ins Herz gibt – ich bin gierig nach Dir – Denk an nichts andres außer an mich.

Leb nicht, als gäbe es mich nicht – Vergiß mich nicht – Aber hab ich denn ein Recht zu sagen, vergiß mich nicht? Vielleicht denkst Du den ganzen Tag an mich. Hab ich denn ein Recht zu wünschen, Du solltest meinetwegen unglücklich sein? Du würdest mir vergeben, daß ich das wünsche, wenn Du wüßtest, mit welch außerordentlicher Leidenschaft ich mich nach Deiner Liebe sehne – und damit Du mich liebst wie ich Dich, darfst Du an niemand sonst denken, nur an mich, noch weniger diesen Satz schreiben. Gestern und heute Morgen wurde ich von einer süßen Vision heimgesucht.
Ich sah Dich ständig in Deinem Schäferinnen-Kostüm.
Wie meine Sinne deswegen bebten! Wie mein Herz davon unterworfen wurde! Wie sich meine Augen mit Tränen füllten! Wirklich, ich glaube, eine echte Liebe reicht aus, um das weiteste Herz zu ergreifen – Als ich hörte, daß Du allein ausgehst, erschreckte mich das – obwohl ich es erwartete – versprich mir, daß Du es eine Weile nicht tust, bis es mir besser geht. Versprich mir das und fülle das Papier mit den zärtlichsten Kosenamen. Kannst Du es nicht guten Willens tun, tu es, meine Liebe, sprich mit mir – sag, was Du denkst – bekenne, ob Dein Herz zu sehr an der Welt hängt. Vielleicht kann ich Dich dann mit mehr Distanz sehen, bin ich nicht mehr fähig, Dich mir so ganz nah anzueignen. Wenn Dir Dein Lieblingsvogel aus dem Käfig davonflöge, wie würden Deine Augen ihm sehnsuchtsvoll nachblicken, solange er in Sicht wäre; sobald er außer Sicht geriete, würdest Du Dein Gleichgewicht wiederfinden.
Wenn Du mir vielleicht, falls das so ist, bekennen könntest, wieviele Dinge Du brauchst abgesehen von mir, wäre ich glücklicher und weniger gequält. Vielleicht wirst Du ausrufen, wie selbstsüchtig, wie grausam, mich meine Jugend nicht genießen zu lassen! zu wünschen, ich möge unglücklich sein! Du mußt es sein, wenn Du mich liebst – bei meiner Seele, ich kann mit nichts anderem zufrieden sein. Wenn Du wirklich kannst, was man »sich amüsieren« nennt – wenn Du die Leute anlächeln kannst, und wünschen daß sie Dich bewundern, dann hast Du mich nie geliebt und wirst mich nie lieben – Ich sehe nirgendwo Lebenssinn als in der Gewißheit Deiner Liebe – überzeuge mich davon, mein Schatz. Wenn ich nicht irgendwie davon überzeugt werde, werde ich sterben vor Qual. Wenn wir uns lieben, dürfen wir nicht wie andre Männer und Frauen leben – Ich kann das Wolfsgift der Mode und des Flitters und der billigen Fähnchen nicht ausstehen. Du sollst mir gehören, und bereit sein, für mich auf der Folterbank zu sterben, wenn ich es verlange.
Ich wage nicht zu behaupten, daß ich mehr Gefühle aufbringe als meine Zeitgenossen – aber ich wünsche mir ernsthaft von Dir, daß Du meine Briefe in guter und in schlechter Laune liest und überlegst, ob der Mensch, der sie schrieb, noch viel länger in der Lage ist, die Qualen und Ungewißheit auszuhalten, die mir zu bereiten Du offenbar erschaffen worden bist– die Wiederherstellung meiner Gesundheit wird mir kein Trost sein, wenn Du nicht ganz mein wirst, sobald es mir besser geht. Um Gottes willen, rette mich – oder sage mir, daß meine Leidenschaft für Dich zu furchterregend ist.
Nochmals Gottes Segen für Dich. J. K.
(Nachschrift auf eigenem Zettelchen)
Nein – meine liebe Fanny – Ich habe unrecht. Ich möchte nicht, daß Du unglücklich bist – und doch möchte ich es, ich muß es, solange so bezaubernde Schönheit existiert – meine süßeste Geliebte! Leb wohl! Ich küsse Dich – O diese Schmerzen!

Der englische Dichter John Keats an Fanny Brawne, vermutlich Mai 1820. Er lernte sie 1818 kennen, und sie verlobten sich im Dezember. Keats Besessenheit im Verein mit seiner Krankheit zermürbten die Beziehung, obwohl Fannys Briefe an seine Schwester sie als einen mitfühlenden Menschen ausweisen, die ihn liebte. Keats starb 1821, erst sechsundzwanzigjährig, in Rom an Tuberkulose. Die Briefe von Fanny wurden ihm auf seinen Wunsch hin mit ins Grab gelegt. – 1820 lebten Fanny und John gewissermaßen Tür an Tür, so daß er ihr den Brief möglicherweise einfach über den Balkon reichte; vielleicht schrieb er ihr auch aus Kentish Town. Er benutzte hier ein Siegel, das eine Harfe mit gerissenen Saiten zeigt, umgeben von dem Motto: »Wer mich zurückstößt, bricht mir das Herz«.

Quelle: The London Borough of Camden, aus den Sammlungen

des Keats House Museum, Hampstead, London. Der Großteil von Keats Briefen an Fanny Brawne befindet sich heute in den USA.

GLÜCK & SELIGKEIT *S. 34*

Ist es wahr, theuerste Lotte? Darf
ich hoffen, daß Caroline in Ihrer Seele
gelesen hat und aus Ihrem Herzen
mir beantwortet hat, was ich mir nicht ge-
traute, zu gestehen? O wie schwer
ist mir dieses Geheimnis geworden,
das ich, solange wir uns kennen,
zu bewahren gehabt hab! Oft, als
wir noch beysammen lebten, nahm ich meinen
ganzen Muth zusammen und kam zu Ihnen
mit dem Vorsatz, es Ihnen zu ent-
decken – aber dieser Muth verließ mich
immer. Ich glaubte Eigennutz in meinem
Wunsche zu entdecken, ich fürchtete, daß
ich nur meine Glückseligkeit dabey
vor Augen hätte und dieser Gedanke
scheuchte mich zurück. – Konnte ich Ihnen
nicht werden, was Sie mir waren, so
hätte mein Leiden Sie betrübt, und
ich hätte die schöne Harmonie unsrer
Freundschaft durch mein Geständniß
zerstört, ich hätte auch das verlo-
ren, was ich hatte, Ihre reine und
schwesterliche Freundschaft. Und doch
gab es wieder Augenblicke, wo meine
Hofnung auflebte, wo die Glück-
seligkeit, die wir uns geben konnten,
mir über alle alle Rücksichten er-
haben schien, wo ich es sogar für
edel hielt, ihr alles übrige zum
Opfer zu bringen. Sie konnten
ohne mich glücklich seyn – aber durch
mich nie unglücklich werden. Dieses
fühlte ich lebendig in mir – und
darauf baute ich dann (ein Wort ausgestrichen) meine
Hofnungen. Sie konnten sich einem andern
schenken, aber keiner konnte Sie
reiner und zärtlicher lieben, als ich.
Keinem konnte Ihre Glückseligkeit heiliger
seyn, als sie es mir war und immer seyn
wird. Mein ganzes Daseyn, alles was
immer lebt, alles, meine Theuerste, widme
ich Ihnen, und wenn ich mich zu veredeln
strebe, so geschiehts, um Ihrer immer
würdiger zu werden, um Sie immer glück-
licher zu machen. Vortreflichkeit der
Seelen ist ein schönes und ein unzerreiß-
bares Band der Freundschaft und
Liebe. Unsre Freundschaft und Liebe wird
unzerreißbar und ewig seyn, wie die
Gefühle, worauf wir sie gründen.
Vergeßen Sie jezt alles, was Ihrem
Herzen Zwang auflegen könnte, und
laßen Sie nur Ihre Empfindungen reden.
Bestätigen Sie, was Caroline mich hoffen
ließ. Sagen Sie mir, daß Sie mein
seyn wolen, und daß meine Glückselig-
keit Ihnen kein Opfer kostet. O ver-
sichern Sie mir dieses, und nur mit
einem einzigen Wort. Nahe waren
sich unsre Herzen schon längst. Laßen
Sie auch noch das einzige Fremde hinweg-
fallen, was sich bisher zwischen uns stellte
und nichts nichts die freye Mittheilung
unserer Seelen stören.
Leben Sie wohl theuerste Lotte. Ich sehne
mich nach einem ruhigen Augenblick, Ihnen
alle Gefühle meines Herzens zu schildern,
die in dem langen Zeitraum, daß diese
einzige Sehnsucht in meiner Seele lebt
mich glücklich und mich unglücklich
gemacht haben. Wieviel habe ich Ihnen
noch zu sagen?
Säumen Sie nicht, meine Unruhe auf immer
und ewig zu verbannen. Ich gebe alle
Freuden meines Lebens in Ihre Hand. Ach,
es ist schon lange, daß ich sie mir under
keiner andern Gestalt mehr dachte, als
unter Ihrem Bilde. Leben Sie wohl,
meine Theuerste.

Friedrich Schiller an Charlotte von Lengefeld, Leipzig, den 3. August 1789. – Als die verwitwete Luise von Lengefeld mit den Töchtern Karoline und Lotte 1784 auf Bildungsreise geht, besichtigt man in Mannheim einen jungen Dichter, Schiller. Der verliebt sich zunächst noch im Karneval in Henriette von Arnim, Karoline heiratet, Lotte debütiert in Weimar und erlebt die erste Liebe mit dem Briten Heron. Ab 1787 treffen sich Schiller und die beiden Schwestern dann immer häufiger im Freundeskreis, und der Briefwechsel zwischen den dreien gehört zur klassischen deutschen Literatur. Schließlich entscheidet sich Schiller für Lotte. Obwohl die »chère mère« Luise lieber einen reichen, adligen Schwiegersohn hätte, heiraten sie, nachdem Schiller Professor und Hofrat in Jena wird, am 22. Februar 1790. – Das Siegel des Briefes ist nicht erhalten, Schiller benutzte häufig ein Siegel mit seiner Initiale »S«, später eines mit dem Kopf Homers.

Quelle: Stiftung Weimarer Klassik, Goethe- und Schiller-Archiv, Weimar.

Textnachweis

Es wurde alles unternommen, um die Copyrights-Inhaber der hier abgedruckten Briefe zu ermitteln. Sollte uns dennoch entgegen unserer Absicht und versehentlich der eine oder andere Irrtum unterlaufen sein, bitten wir die Betroffenen, sich zu melden und uns die Korrektur sowie weitere Ausgaben zu ermöglichen. Rechtsansprüche der Copyright-Inhaber und ihrer Nachfolger bleiben gewahrt .

Simone de Beauvoir an Jean-Paul Sartre, 16. Februar 1940:
aus: Simone de Beauvoir. Lettres à Sartre, hrsg. von Sylvie le Bon de Beauvoir, © 1990 Editions Gallimard, Paris; © deutsche Fassung: Rowohlt Verlag, Hamburg

Rupert Brooke an Noël Olivier, 2. Oktober 1911:
aus: Song of Love. The Letters of Rupert Brooke and Noël Olivier, hrsg. v. Pippa Harris. Bloomsbury Publishing, 1991;

Duff Cooper an seine zukünftige Frau Diana, 9. Juni 1914:
aus: A Durable Fire. The Letters of Duff und Diana Cooper. Hrsg. von Artemis Cooper. HarperCollins Publishers 1983, © 1983 Artemis Cooper.

Isadora Duncan an Gordon Craig, vermutlich März 1905:
abgedruckt mit freundlicher Genehmigung der New York Public Library For the Performing Arts - Dance Collection.

Paul Eluard an Elena Dmitriewna Diakonowa, 16. Januar 1930, aus: Paul Eluard: Liebesbriefe an Gala, © 1987 Hoffmann & Campe, Hamburg; Originalausgabe 1924-1948, © 1984 Editions Gallimard, Paris.

Karl Kraus an Sidonie Nádherny von Borutin, 1. November 1917:
aus: Karl Kraus. Briefe an Sidonie Nádherny von Borutin, 1913-1936. © Suhrkamp Verlag, Frankfurt am Main,

Katherine Mansfield an John Middleton Murry, 27. Januar 1918:
abgedruckt mit freundlicher Genehmigung der Society of Authors als dem literarischen Vertreter des Nachlasses von Katherine Mansfield.

Arthur Schnitzler an Olga, Wien, 23. April 1924:
aus: Arthur Schnitzler. Briefe 1913-1931. Hrsg. von Peter Michael Braunwarth u. a., © S. Fischer Verlag, Frankfurt am Main 1984.

George Bernard Shaw an »Stella« Beatrice Campbell, 27. Februar 1913:
abgedruckt mit freundlicher Genehmigung des Kuratoriums für den Nachlaß von Mrs. Patrick Campbell.

Dylan Thomas an seine Frau Caitlin, vermutlich 5. April 1950:
aus: The Collected Letters of Dylan Thomas, hrsg. von Paul Ferris. J. M. Dent & Co., U.K. © 1957, 1966 und 1985 beim Kuratorium für das Copyright von Dylan Thomas. Abgedruckt mit freundlicher Genehmigung von David Higham Associates.

Edith Wharton an W. Morton Fullerton, März 1908:
aus: The Letters of Edith Wharton, hrsg. von R. W. B. Lewis und Nancy Lewis. Scribner's, Simon & Schuster, 1988. © R. W. B. Lewis, Nancy Lewis und William Tyler. Abgedruckt mit freundlicher Genehmigung von William R. Tyler, Inhaber des Nachlasses von Edith Wharton, und The Watkins Loomis Agency, als Nachlaßverwalter.

Thomas Woodrow Wilson an seine Frau Ellen, 9. Mai 1886:
aus: The Priceless Gift. The Love Letters of Woodrow Wilson and Ellen Axson Wilson, hrsg. v. Eleanor Wilson McAdoo. McGraw-Hill Inc., 1962.

Brief vom Umschlag:
Eduard Mörike an Luise Rau, Owen, den 18. Februar 1839. Abends.

Quelle: Württembergische Landesbibliothek Stuttgart, Handschriftenabteilung, (Cod. hist. 4° 332,12).

Bildnachweis

Umschlagrückseite und Seite 1, 3-5, 7, 9-11, 19, 21, 23, 25, 27-33, 35, 37, 38, 49: *Fine Art Photographic Library*, London.
Seite 13, 15: *The Bridgeman Art Library*, London.
Seite 17: *Bridgeman Art Library* und *DACS*, © Nachlaß Stanley Spencer 1994. All rights reserved DACS.
Viktorianische Prägebilder: *Mamelok Press*, Bury St. Edmunds, England. Buntpapiere auf Vorsatz, gegenüber dem Innentitel sowie auf Seite 18, 19, 26, 31: *Alberto Valese-Ebrü*, Venedig. Restliche Schmuckpapiere: *Paperchase*, Tottenham Court Road, London.

Danksagung

Ein besonderer Dank folgenden Personen für ihre freundliche Unterstützung bei Recherche und Gestaltung dieses Buches (in alphabetischer Reihenfolge:)
Lord Abinger, Castle Hedingham; Martin Apicella, Beavers, London; Dr. Bruce Barker Benfield und Mark Purcell, Bodleian Library, Oxford; Hazel Bannister, Society of Authors, London; Kristina Blagojevitch; Michael Bosson, Harrowby Trust; Elisabeth Burda, Biblioteka Jagiellonska, Krakau; Regina Cerfontaine, Mörike-Archiv, und Fritz B. Leopold, Handschriftenabteilung, Deutsche Schillergesellschaft – Schiller-Nationalmuseum – Deutsches Literaturarchiv, Marbach am Neckar; Mme Annie Chassagne und Mme Mireille Pastoureau, Bibliothèque de 'l Institut de France; Carolyn Deby; David Franks, Mamelok Press, Bury St. Edmunds; Christina Gee, Keats House Museum, London; Dr. Martin Germann, Handschriftenabteilung der Zentralbibliothek Zürich; Kate Lyall Grant, David Higham Associates; Yann Guitton; Dr. Helmut Hell und Arnim Eisenach, Musikabteilung mit Mendelssohn-Archiv, Staatsbibliothek zu Berlin – Preussischer Kulturbesitz; Frau Klein, Bildarchiv, Staatsbibliothek zu Berlin – Preussischer Kulturbesitz; Frau Krekler, Handschriftenabteilung, Württembergische Landesbibliothek Stuttgart, Scott Lewis, Wedgestone Press; Mme Stephanie Lang, Bibliothèque Nationale de France; Jo Maldonado und Miss C. M. Hall, British Library; Juliet Marks; Susan Mitchell; Ann Mutzenbach, Elizabeth Murray Maurice und Marcia Neville; Madeleine M. Nichols und Karen Nickeson, The New York Public Library for the Performing Arts; Carolyn Powell und Sue Hodson, The Huntington Library, San Marino, California; David Retter und Emma Roache, The Alexander Turnbull Library, Wellington, Neuseeland; Brandon Richardson und John Bennett, Carney Richardson Studios, London; Marianne Schütz, Hölderlin-Archiv, Württembergische Landesbibliothek Stuttgart; Nigel Steele und Penny Ritchie Calder, The Imperial War Museum, London; Jill Triplett, Wellesley College, Massachusetts; Alberto Valese und Franco Cassetti, Alberto Valese-Ebrü, Venedig; Robert Warden, Paperchase, London; Ian Webb und Ronald de Vlam, Webb Scarlett, London; Dr. Harald Weigel, Handschriftenabteilung, und Rainer Schmidt, Arbeitsstelle Klopstock, Staats- und Universitätsbibliothek Hamburg; Frau Dr. Wollkopf und Frau Ellermann, Stiftung Weimarer Klassik, Goethe- und Schiller-Archiv Weimar ... und besonders Karin ter Glane für die Beschaffung der deutschsprachigen Faksimile-Briefe.

Epilog

TOM MOSTYN: UNSCHULDIGE JUGEND, ANTHONY MICHAEL PAINTINGS.

Es ist so ein schönes Gefühl, das wir haben, wenn wir die Schriftzüge eines entfernten lieben Freundes erblicken, und durchwandern, und wenn wir aus jeder Zeile seinen Geist, sein Herz, sein Leben und Weben hervorblicken sehen: so scheint mir dies eine Art geistigen Umganges und Genusses, die Worte vertreten die Stelle des abwesenden Lieblings, und jede Kleinigkeit hat Wert für den begierigen Leser … Mir wenigstens ist es fast eben so süß an ferne Liebe zu schreiben, als von ihnen Briefe zu empfangen … Schreibe mir recht bald, mein Leben, nicht so lange erst, als ich dich warten ließ. Schreibe mir viel, recht viel, und recht bald.

Adalbert Stifter (1805-1868) an Franziska Greipl, Wien, 15.11.1829. Fanny war die Studentenliebe des Dichters.